BRUTALER BOSS

GEBRÜDER BRATVA BUCH EINS

WILLOW FOX

SLOWBURN
PUBLISHING

ÜBER DIESES BUCH

Wir sind bekannt für unsere Grausamkeit.

Wir regieren New York City. Wir kontrollieren jeden Zentimeter der Stadt und jeder, der sich uns in den Weg stellt, wird hingerichtet.

Ich beschütze die Menschen vor Betrügern und Schlägern wie dem Kartell. Aber ich bin kein guter Kerl. Ich hasse es, mich als Selbstjustizler zu bezeichnen. Habe ich schon erwähnt, dass meine kleine Schwester versucht hat, mich hinter Gitter zu bringen?

Als das Auto einer jungen Frau im Regen liegen bleibt, bin ich übermäßig großzügig.

Ich erkenne sie, sie ist eine Krankenschwester vom Steele Concierge Medical, zumindest will sie mich das glauben lassen...

Ich nehme sie mit auf mein Gelände, um sie während des Sturms zu schützen.

Aber sie verrät mich.

Es stellt sich heraus, dass sie vom FBI ist, undercover arbeitet und vorhat, die Bratva von innen heraus zu zerstören.

Jetzt, da ich die Wahrheit kenne, wer wird sie vor mir beschützen?

BRUTALER BOSS ist eine dampfende Feind-zu-Liebhaber-Romanze der russischen Mafia. Er kann als eigenständiger Roman gelesen werden. Die Bratva-Brüder wurden bereits in Rücksichtsloses Gelübde (Mafia-Ehen, Buch Fünf) vorgestellt. Es ist nicht erforderlich, dass du Rücksichtsloses Gelübde gelesen hast, bevor du eines der Bücher der Gebrüder Bratva-Reihe liest.

Kein Schummeln. Kein Cliffhanger. Ein glückliches Ende.

EINS

Madisyn

Ich stehe vor dem Steele Concierge Medical und starre auf das hohe, weiße Gebäude, das sich über mir erhebt. Ich komme mir im Vergleich dazu klein und unbedeutend vor, aber mein Beitrag ist mehr als nur der einer Krankenschwester.

„Wartest du auf etwas?", fragt Hannah.

Ich nehme einen Schluck aus der Tasse Kaffee in meiner Hand. „Dass das Koffein anschlägt?" Ich habe darauf gewartet, dass meine Kollegin vom FBI, Special Agentin Savannah Blakely, sich meldet. Sie ist nicht im Coffee-Shop aufgetaucht.

Hannah packt mich am Arm und zieht mich durch die Eingangstür hinein, ohne zu wissen, dass ich heimlich für das FBI als forensische Krankenschwester arbeite.

Wir zeigen dem Sicherheitspersonal unsere Ausweise, bevor wir an der Lobby vorbei zu den Aufzügen gehen dürfen.

„Schau dir mal die Augenweide auf sechs Uhr an", flüstert Hannah mir zu, als wir uns dem langen Flur mit den Aufzügen nähern. Es gibt acht Aufzüge, vier auf jeder Seite, sodass niemand zu lange auf eine Fahrt in sein Stockwerk warten muss.

Ich nehme an, wenn man fünfundzwanzigtausend Dollar pro Person und Jahr zahlt, muss man wenigstens nicht so lange warten, um seinen Arzt zu sehen.

Ich werfe einen unauffälligen Blick in die Richtung, die Hannah vorschlägt. Ein Herr mit einem dunklen, struppigen Bart, dunklen Augen und Tattoos, die seine Arme, seine Brust und seinen Nacken bedecken, begegnet meinem Blick.

Das ist Mikhail Barinov, meine Zielperson.

Ist das der Grund, warum Savannah mir heute Morgen den Laufpass gegeben hat? Hat sie ihn gesehen, als sie auf dem Weg zum Café das Gebäude betrat?

Ich würde nicht erwarten, dass sie mir eine SMS schreibt oder mich anruft. Mein FBI-Handy liegt in meinem Büro in der Stadt. Ich habe ein Wegwerf-Handy, das mir das FBI zur Verfügung gestellt hat, und Savannah hat den direkten Befehl, diese Nummer nicht zu benutzen. Der Kontakt zwischen uns wird auf ein Minimum beschränkt.

„Heiß, oder?", sagt Hannah mit einem verruchten Grinsen. „Ich hoffe, er wird heute einer meiner Patienten. Ich würde ihn gerne gründlich untersuchen."

„Ich hätte nie gedacht, dass die tätowierten, bösen Jungen dein Typ sind", sage ich. Sie hat einen Freund zu Hause. Er ist süß, charmant und ein Buchhalter. In diesem Paket steckt nicht viel Fantasie.

Hannah ist ein echter Sonnenschein und Mikhail ist ein echter Problemfall. Zum Glück ist sie nur auf der Suche und fragt nicht nach seiner Telefonnummer.

Die Aufzugtüren öffnen sich. Hannah hält sich den Mund zu, ich tue das Gleiche und wir gehen als Erste hinein.

Mikhail geht ebenfalls hinein, sein Jackett ausgezogen und über seinen Arm gehängt. Er wird von einem Leibwächter oder einen seiner Männer begleitet. Nach den Informationen, die ich vor meinem Undercover-Einsatz gelesen habe, hat er ein halbes Dutzend Bodyguards.

Ich erkenne den Mann nicht wieder, aber Mikhail hat eine kurze Zeit im Gefängnis gesessen und auf seinen Prozess gewartet. Es ist möglich, dass er neue Verbindungen geknüpft und sein Imperium vergrößert hat.

Auf den ersten Blick scheint keiner, der beiden verletzt zu sein oder sich unwohl zu fühlen. Aber Mikhail und sein Kumpel könnten auch einen Patienten besuchen.

Oder vielleicht will er sichergehen, dass er sich nichts eingefangen hat, während er hinter Gittern war. Wer weiß schon, warum er heute hier auftaucht?

Der Mann in dem prestigeträchtigen Anzug drückt den Knopf zum dritten Stock. In der dritten Etage gibt es eine ganze Reihe von Ärzten und Praxen. Das grenzt seinen Grund für sein heutiges Erscheinen nicht ein.

„Hast du schon Pläne fürs Mittagessen?", fragt mich Hannah, deren Stimmung geradezu fröhlich ist. Obwohl sie mit mir spricht, starrt sie den Anführer der Bratva an. Ich bin mir sicher, dass sie keine Ahnung hat, wer er ist, oder wenn sie es wüsste, würde sie sofort damit aufhören.

„Ich esse nur ein paar Sandwiches mit meiner neuen besten Freundin?", sage ich und stupse sie an der Schulter an. „Vorausgesetzt, wir kommen für eine Stunde weg."

Hannah gluckst. „Du kannst froh sein, wenn du eine fünfzehnminütige Pause bekommst."

Meine erste Aufgabe ist es, mit Mikhail in Kontakt zu treten, ohne den Eindruck zu erwecken, dass ich es wirklich will. Wenn er merkt, dass ich verzweifelt bin, wird er die Scharade sofort durchschauen. Es muss echt wirken, deshalb muss er den ersten Schritt machen.

Das ist im Fahrstuhl schwer zu vermitteln, wenn er nichts über mich weiß.

Aber er hat mich gesehen.

Das ist der erste Schritt.

Und jetzt, wo er mich kennt, kann ich hoffentlich sein Vertrauen gewinnen.

Der Aufzug klingelt und Mikhail steigt mit seinem Leibwächter aus und tut so, als hätte er uns gar nicht bemerkt und unsere Existenz nicht zur Kenntnis genommen.

Aber er hat mich bemerkt.

Sein Blick trifft meinen, obwohl ich so tun muss, als wäre es rein geschäftlich, ist da etwas. Ein Funke, der nicht hätte sein dürfen, und ein Gefühl, das meinen Magen flattern und meinen Herzschlag beschleunigen lässt.

Nachdem sich die Doppeltüren geschlossen haben, werfe ich Hannah einen Blick zu. Ich kann ihr nicht sagen, dass er Bratva ist, aber er hat die Ausstrahlung eines Bad Boys. „Du und böse Jungs mit Tattoos?" scherze ich.

„Meine Eltern haben mich auf ein Internat geschickt. Ich schätze, ich rebelliere immer noch."

„Nun, du solltest es besser hinter dir lassen. Bald wird Mark dir einen Antrag machen."

―――――

Ich war noch nie so stark undercover. Vor achtzehn Monaten war ich eine Woche lang beim Sanchez-Kartell, aber ich kam nicht einmal in die Nähe ihres Anführers, und das ist nichts im Vergleich zu der Bösartigkeit der Bratva.

Nach der Arbeit erhasche ich einen Blick von Agentin Blakely. Savannah hält sich bedeckt, aber in dem Moment, in dem ich ihr in die Augen sehe, gibt sie mir das Signal für die zweite Phase unseres Plans.

Während ich fleißig im medizinischen Zentrum als Krankenschwester gearbeitet habe, hat das Team in der Außenstelle in New York City Informationen über die Bratva ausgegraben und Geheimdienst-informationen gesammelt, um sie zu analysieren.

Ich gehe den Block hinunter, um mein Auto zu holen, das auf dem Heimweg eine Panne haben wird. Der Wagen wird überhitzen und der Motor wird ein paar Blocks vor dem Gelände der Bratva absterben, wenn ich Glück habe.

Sie mussten sich den beschissensten, kältesten und regnerischsten Tag aussuchen, den es gibt.

An manchen Tagen ist mein Job scheiße.

Ich fahre aus dem Parkhaus und den Block hinunter. Der Verkehr ist dicht, was für New York nicht ungewöhnlich ist. Wenn ich nicht undercover arbeiten würde, würde ich normalerweise die U-Bahn von meinem Haus zur FBI-Außenstelle nehmen.

Aber als Madisyn Taylor fahre ich täglich mit einem Gebrauchtwagen zur Arbeit, den die Behörde gekauft hat. Überraschenderweise hat das Fahrzeug noch vier Räder, aber es hat schon weit über zweihunderttausend Kilometer auf dem Buckel und die Karosserie ist ein Schandfleck mit Rost und Farbverfärbungen.

Werden die Krankenschwestern im Concierge Center nicht angemessen bezahlt? Es sieht so aus, als würde ich von Lohn zu Lohn leben.

Ist das der Eindruck, den sie Mikhail vermitteln wollen, dass ich mittellos bin und er Mitleid mit mir haben soll?.

Ich habe mir die Wegbeschreibung zum Bratva-Gelände gemerkt, und das Mietobjekt, in dem ich wohne, liegt ein paar Kilometer hinter dem Ort.

Der Regen prasselt auf die Windschutzscheibe und ich schalte die Scheibenwischer ein, um durch die einsetzende Witterung zu sehen. Ich freue mich nicht auf das, was jetzt kommt.

Ich bin ein Bündel ängstlicher Energie, die ich im Zaum halten muss, damit alles reibungslos abläuft. Ich habe für diesen Moment trainiert, undercover zu gehen und eine Lüge herunterrasseln, ohne erwischt zu werden.

Als ich die Straße hinunterfahre und den dichten Verkehr der Stadt hinter mir lasse, leuchtet meine Kontrolllampe auf. Ich gebe etwas mehr Gas und hoffe, dass ich es bis zu meinem Ziel schaffe, bevor mich die Flut draußen ertränkt.

Der Motor stottert, und als Nächstes leuchtet die Öllampe auf. Das FBI wollte wirklich sichergehen, dass mein Auto eine Panne hat. Der Motor gibt ein schreckliches Klicken von sich und stirbt ab, als ich nur noch wenige Schritte vom Zaun des Geländes entfernt bin.

Ich wäre lieber etwas näher dran gewesen. Es gibt noch andere Häuser in der Nähe, aber die sind nicht das eigentliche Ziel.

Ich steige aus dem Fahrzeug und stürme los. Es dauert nur Sekunden, bis ich durchnässt bin. Ich bin tropfnass, zittere und meine Kleidung klebt an meiner Haut.

Ich eile in Richtung des Wachtors.

„Entschuldigen Sie", sage ich. Ich klappere mit den Zähnen und bin mir nicht sicher, ob er die Worte aus meinem Mund überhaupt verstehen kann.

Der Wachmann schiebt das Fenster seiner Kabine zur Seite, um mir zu antworten. Er ist aus dem Regen raus, trocken wie ein Knochen. „Das ist Privatbesitz", sagt er. Seine Stimme ist schroff und er hat einen starken russischen Akzent.

„Mein Auto hat eine Panne", sage ich und zeige auf das Fahrzeug, das ein paar Meter entfernt steht. Ich bin mir nicht sicher, ob er es von seiner Position in der Kabine aus sehen kann, aber er sieht nicht im Geringsten danach aus, mir zu helfen.

„Versuch es mit deinem Handy."

„Es ist tot." Ich ziehe mein Handy aus meiner Tasche. Es ist ein älteres Handy, das mir die Agentur zur Verfügung gestellt hat, ein Vorgängermodell, das nicht den Anschein erweckt, als sei es ein Wegwerf-Handy. Das Letzte, was ich will, ist noch mehr Verdacht auf mich zu lenken.

Wenn der Akku nicht schon vorher völlig leer war, dann hat die Regenflut mein Telefon tatsächlich zerstört. Ich zeige es dem Diensthabenden Wachmann.

Er murrt und hebt das Festnetztelefon ab. „Ich rufe einen Abschleppwagen für dich", brummt er.

Während ich draußen in der Kälte stehe, zitternd und klatschnass, und es weiter regnet, fährt ein schwarzer Geländewagen mit getönten Scheiben vor das Tor.

Das Fenster des Fahrers wird heruntergekurbelt und ich erkenne den Mann von vorhin im Krankenhaus, den Bodyguard. Mikhail Barinov sitzt auf dem Beifahrersitz.

Der Leibwächter sagt kein einziges Wort. Das muss er auch nicht. Meine Anwesenheit reicht aus, um eine Erklärung zu erhalten.

„Das Mädchen sagt, dass ihr Auto eine Panne hatte", antwortet der Wachmann aus der Kabine. Er öffnet das Tor für ihr Fahrzeug.

Der Donner dröhnt über meinem Kopf.

Mikhail tritt mit einem Regenschirm in die Fluten und eilt zur Beifahrerseite, um mir die Tür zu öffnen. Er schlüpft aus seinem schwarzen Wollmantel, der größtenteils trocken ist, und legt ihn mir über die Schultern. Das ist eine warme und willkommene Erleichterung gegen die kalten Klamotten, die an meiner Haut kleben.

„Komm rein, trockne dich ab und dann machen wir uns auf den Weg", sagt er und öffnet die hintere Autotür.

Ich zittere und zittere wegen des eisigen Wetters. Der Mantel bewahrt mich davor, die Lederausstattung mit meinen nassen Klamotten zu verschmutzen. „Danke", sage ich und Mikhail schließt die Tür, bevor er auf die Beifahrerseite steigt.

Der Motor schnurrt, als der Fahrer das Gaspedal durchtritt und den Geländewagen durch das offene Tor fährt.

Fröstelnd schiebe ich meine Arme in den warmen Mantel und meine Hände in die Taschen, um mich aufzuwärmen. Meine Finger streifen über einen kleinen metallischen, rechteckigen Gegenstand, einen USB-Stick.

ZWEI

Mikhail

Draußen regnet es in Strömen, und ein Mädchen, das kaum alt genug aussieht, um zu trinken, steht an meinem Tor.

Vielleicht ist sie älter als einundzwanzig. Mit ihren blonden Haaren, die an ihrem Körper kleben, ist das schwer zu sagen.

Es fühlt sich immer noch wie Winter an, nur dass es nicht schneit.

Wo zum Teufel ist ihr Mantel? Oder wenigstens ein Regenschirm?

Keine zwanzig Meter entfernt steht ein verlassenes Auto, dessen Warnblinkanlage blinkt. Das Auto sollte von seinem Elend erlöst werden. Es ist wahrscheinlich älter als das Vanille blonde Mädchen auf dem Rücksitz des SUVs.

Luka sieht nicht gerade erfreut aus, dass er sie auf das Gelände bringt, aber ich gab den Befehl dazu und ich bin hier der verdammte Pakhan. Ich treffe die Entscheidungen und sage meinen Männern, was sie machen sollen.

Luka ist ein guter Leibwächter. Er gehorcht meinen Befehlen und ist absolut loyal. Er hätte meine Schwester geheiratet und meinen Segen bekommen, wenn sie sich nicht gegen die Familie gestellt hätte. Das kleine Balg hat sich mit den Italienern eingelassen. Sie hat es gewagt, mich verhaften und hinter Gitter bringen zu lassen.

Das soll nicht heißen, dass sie nicht ihre Gründe hatte, aber ich bin kein gewöhnlicher Mann. Ich leite die Bratva. Ich bin der Pakhan, der Chef der ganzen Operation. Meine Arbeit ist mein Leben, und meine Familie besteht aus meinen Männern. Ihr Blut fließt mit meinen Adern.

Ich lasse mich nicht einsperren, und sie auch nicht.

Ich regiere New York City und ich werde nicht zulassen, dass sich mir jemand oder etwas in den Weg stellt.

„Komm rein, trockne dich ab und dann machen wir uns auf den Weg", sage ich, während ich ihr die Tür öffne und sie einlade sich auf den Rücksitz zu setzen.

Sie klappert mit den Zähnen und ist leicht blau.

„Danke."

Ich leihe ihr meinen Mantel, damit der Rücksitz nicht zu einer Pfütze wird, und helfe ihr, sich aufzuwärmen.

Luka hält vor der Garageneinfahrt, damit wir nicht nass werden. Nachdem er das Fahrzeug hineingefahren hat, öffnet er die Hintertür, damit sie aussteigen kann.

„Komm mit", sage ich und deute an, dass sie mir auf das Gelände folgen soll.

Normalerweise würde ich einen Fremden nicht in mein Haus lassen. Von Ivan würde man erwarten, dass er sich um jeden kümmert, der vor dem Tor steht, aber ich bin großzügig und ich finde sie klatschnass verdammt heiß.

Sie zittert und friert. Das Mädchen ist verletzlich. Ich mag Frauen, die wehrlos und schwach sind. Nicht, weil ich ihnen wehtun will. Nein, so ein Monster bin ich nicht.

Ich kann ihnen helfen und ihnen ein Leben bieten, das sie normalerweise nicht haben könnten - eine Chance.

Aber dieses Mädchen hat keinen Hinweis auf ihre Hilflosigkeit gegeben, abgesehen von ihrem kaputten Auto, das verdammt erbärmlich aussah.

„Ich bin Mikhail", stelle ich mich vor, während ich die Tür öffne und sie hereinführe. „Du solltest deine Schuhe ausziehen."

Sie streift sie mit Leichtigkeit ab. Sie sind schwarz und zum Hineinschlüpfen, praktisch, was ich sonst nicht sehe. Normalerweise tragen die Mädchen, die mich besuchen, Fick-mich-Pumps und sexy Stiefel, die auf halber Höhe der Beine geschnürt sind.

Ihre Socken sind durchnässt und quietschen unter ihren Füßen.

„Zieh auch die Socken aus. Ich kann nicht zulassen, dass du hier eine Sauerei machst", sage ich.

Sie gehorcht, ohne auch nur ein Wort zu sagen. Sie lehnt sich gegen die Wand und ich halte ihren Arm fest, um sie zu stützen. Ich brauche keinen riesigen nassen Arschabdruck an den Wänden.

„Name", sage ich, als sie sich noch nicht vorgestellt hat. Ich bin etwas energischer, aber sie konzentriert sich darauf, eine Socke nach der anderen auszuziehen.

Ihre Zehen sind grässlich weiß von den nassen Klamotten, die auf ihren leuchtend rot lackierten Zehennägeln noch krasser aussehen.

„Ich bin Madisyn", sagt sie mit klappernden Zähnen.

Ich helfe ihr auf die Beine, nachdem ich ihr die Socken ausgezogen habe.

„Du bist klatschnass und musst aus deinen Klamotten raus", sage ich. Ich helfe ihr, den Mantel auszuziehen, den ich ihr geliehen habe, und sie hat nichts dagegen.

Wird sie widersprechen, wenn ich ihr sage, dass sie alles vor mir ausziehen muss? Ich kann nicht riskieren, dass sie eine Polizistin oder ein verkabeltes Mädchen ist, das versucht Informationen zu bekommen um mich wieder in den Knast zu bringen.

Ich tue alles, was ich kann, um mein Leben umzukrempeln. Zumindest, um nicht ins Gefängnis zu müssen. Es ist ja nicht so, dass ich anfange gute Taten zu vollbringen, um ein guter Kerl zu sein und all dieser Scheiß.

Das ist nicht meine Art.

Luka kommt hinter uns herein. Er wirft Madisyn einen kurzen Blick zu, bevor er wortlos den Gang hinuntergeht.

Er weiß, dass er den Mund halten muss, aber er ist nicht im Geringsten begeistert, dass ich eine Fremde in mein Haus gebracht habe.

Nun, es ist mein Haus und ich kann jeden hereinbitten, den ich will. Außerdem ist das Mädchen praktisch hilflos und würde sich unterkühlen, bevor ein Abschleppwagen auftaucht.

Die Sonne geht langsam unter, und der Regen wird zweifellos zu Glatteis werden. Für heute Abend ist ein Eissturm angesagt.

Das blonde Mädchen atmet leise aus, nachdem ich ihr den nassen Mantel ausgezogen habe.

„Komm mit mir", sage ich und fordere sie auf, mir zu folgen.

Wortlos begleitet sie mich den Flur hinunter und bleibt stehen, als ich die Treppe hinaufsteige. „Wo bringst du mich hin?", fragt sie.

Ich bleibe auf der dritten Stufe stehen, drehe mich zu ihr herum, um sie anzusehen. „Du musst aus diesen nassen Klamotten raus."

Madisyns Haare sind nass und verheddern sich auf ihrer Haut. Ihre Kleidung klebt an ihrem Körper, sodass ihr BH durchsichtig ist und ich durch das weiße Baumwollhemd einen Blick auf ihre Brüste werfen kann.

Sie schlingt ihre Arme um sich und zittert.

„Komm jetzt, oder ich trage dich", sage ich.

Ihre Augenbrauen ziehen sich zusammen und sie öffnet den Mund, als wolle sie eine kluge Bemerkung machen. Aber stattdessen grunzt sie nur: „Na gut".

Madisyn folgt mir die Treppe hinauf, und ich begleite sie in mein Schlafzimmer. Normalerweise würde ich ein Mädchen filzen, um sicherzugehen, dass sie keine Waffe versteckt oder verkabelt ist. Aber es ist offensichtlich, dass sie nicht viel unter ihrer Kleidung hat.

Trotzdem kann man als Bratva-Boss nie vorsichtig genug sein.

„Zieh dich aus", befehle ich.

„Was?" Ihre Fingernägel graben sich in ihre Unterarme, ihre Hände sind zu Fäusten geballt.

„Du musst deine nassen Klamotten ausziehen und ich muss sicherstellen, dass du keine Waffe bei dir trägst", sage ich. Den Teil in dem ich mich vergewissern will, dass sie nicht verkabelt ist, lasse ich aus. Es gibt keinen Grund ihr Angst zu machen. Sie weiß nicht, womit ich mein Geld verdiene.

Ich gehe durch den Raum, öffne eine Schublade und hole ein schwarzes T-Shirt und eine Jogginghose heraus. Sie werden ihr zu groß sein, aber es gibt einen Kordelzug, mit dem sie diese ein wenig enger machen kann.

In der Zwischenzeit kann ich einen meiner Männer bitten, ihre Kleidung in den Trockner zu werfen, während sie sich im Haus aufwärmt.

„Darf ich das Bad benutzen?", fragt sie und hält mir ihre Hand für die Kleidung hin, die ich aus der Kommode geholt habe.

„Nein. Das mit der Waffe war kein Scherz."

„Das mit dem Umziehen im Bad war auch kein Scherz", sagt Madisyn.

Ihr Blick ist feurig, und ich gebe ungern zu, dass er mir gefällt. Es ist selten, dass mich jemand herausfordert, und noch seltener, dass es eine Frau ist.

Mein Blick wandert wieder über ihre nasse Kleidung. „Du warst heute im Krankenhaus", sage ich und erkenne sie aus dem Aufzug wieder.

„Ich bin Krankenschwester", sagt Madisyn.

„Dann weißt du, dass es sich hier um eine rein geschäftliche Angelegenheit handelt und kannst es zu schätzen wissen, sich von einer Situation zu lösen."

Ihr fällt die Kinnlade herunter, überrascht von meiner Bemerkung. „Das meinst du doch nicht ernst? Ich ziehe mich doch nicht vor deinen Augen um."

„Dann bekommst du wohl auch keine trockenen Klamotten."

Sie zittert und hat eine Gänsehaut auf den Armen, ihre Lippen sind blau gefärbt.

Das Mädchen versucht wahrscheinlich sich warme Gedanken zu machen und so zu tun, als ob ihr warm wäre, aber es gibt offensichtliche Anzeichen für ihre Not und irgendwann wird sie meinen Forderungen nachgeben.

„Gut", sagt sie und wendet sich der Tür zum Flur zu.

Verdammt, ist sie stur!

Ich grunze und werfe meinen Kopf zurück. „Madisyn!", hallt meine Stimme wider und dröhnt.

Ein Schauer durchfährt sie, als sie mit dem Rücken zu mir in der Tür steht. Ich glaube nicht, dass das letzte Zittern von der Kälte kam, aber der Rest schon.. Sie klappert mit den Zähnen.

„Zieh dich aus, oder ich werde dich selbst ausziehen", sage ich und stakse über den Holzboden, um das Schlafzimmer zu schließen. „Zufrieden? Jetzt hast du deine Ruhe."

Meine Wächter müssen sie nicht nackt sehen, aber ich muss sicherstellen, dass sie nichts bei sich trägt, was sie nicht sollte.

Ihre Unterlippe zittert. Ich vermute, dass es an der Kälte liegt, denn sie ist noch blauer als beim ersten Betreten des Geländes. Hier ist es zwar warm, aber mit ihren eiskalten und nassen Kleidern, die an ihrem Körper kleben, wird sie sich kaum aufwärmen.

Ihre Hände bewegen sich zum Saum ihres Hemdes, aber sie zittert. Das wird die ganze Nacht dauern, und ich bin kein geduldiger Mann.

Ich nähere mich ihr, meine Hände sind warm auf ihrer eisigen Haut. Ich lasse meine Finger über die ihren gleiten und führe ihr Hemd und ihre Hände nach oben und über ihren Kopf.

Sie bedeckt ihre Brüste, sobald ich das Hemd in den Händen halte und es ihr vom Körper ziehe.

„Das wirst du auch ausziehen müssen. Alles, was du anhast und nass ist, wird dir nicht helfen, warm zu werden ", sage ich.

Madisyn presst ihre Lippen aufeinander und schaut an mir vorbei. Sie riecht nach einem Regenschauer und nach der freien Natur.

Ich atme schwer aus. Ihr Duft ist berauschend und lässt mein Herz in meiner Brust hämmern. „Der BH wird ausgezogen, dein Rock und dein Höschen auch."

„Kannst du nicht wenigstens wegschauen? Du kannst sehen, dass ich keine Waffe trage", sagt sie.

„Ich bin kein Gentleman", warne ich sie. Es hat keinen Sinn, so zu tun, als ob ich etwas wäre, was ich nicht bin.

Die Farbe kehrt in ihre Wangen zurück, aber ich kann nicht sagen, ob es aus Verlegenheit oder aus Wut ist. Sie wirkt niedergeschlagen und greift hinter sich, um ihren BH zu öffnen und die dünne beigefarbene Spitze in ihren Händen zu halten. Madisyn schiebt ihren Rock nach unten und dann ihr Höschen und lässt ihre durchnässten Klamotten auf den Boden fallen.

„Kann ich jetzt etwas Trockenes zum Anziehen haben?" Ihr Tonfall ist etwas gereizt.

Ich grinse und gehe in mein Badezimmer, um ein sauberes, trockenes Handtuch zu holen, damit sie sich richtig abtrocknen kann, bevor ich ihr die Kleidung gebe, die sie tragen kann, bis ihre eigene trocken ist.

Ich bücke mich und hebe ihre nasse Wäsche auf. „Bleib hier drin", befehle ich und gehe in den Flur.

Nikita geht die Treppe hinauf. „Alles in Ordnung, Chef?", fragt er. Inzwischen hat sich wahrscheinlich schon herumgesprochen, dass ich einen Streuner mitgebracht habe.

„Steck die in den Trockner. An der Garageneinfahrt sind auch noch ein Paar Socken, die reinmüssen."

„Natürlich, Sir. Sonst noch etwas?"

„Ich möchte, dass du den Hintergrund des Mädchens, Madisyn, überprüfst."

„Hast du vielleicht einen Nachnamen?" Meine Frage amüsiert Nikita nicht.

Tja, Pech gehabt. Ich will nicht, dass es offensichtlich ist, dass ich sie überprüfe. Dass ich sie zweimal an einem Tag treffe, scheint mir etwas mehr als ein Zufall zu sein.

Ich will mich irren.

„Sie ist Krankenschwester beim Steele Concierge Medical. Ich bin sicher, du kannst alle Mitarbeiter auf der Website finden: Blonde Haare, tiefbraune Augen. Luka hat sie auch gesehen. Gib alle Fotos, die du siehst, an ihn weiter."

„Wird gemacht." Nikita schnappt sich die Kleidungsstücke und geht die Treppe hinunter. Ich warte noch einen Moment, bevor ich wieder in mein Schlafzimmer stürme.

Als ich eintrete hat Madisyn bereits das schwarze T-Shirt an und hebt den Bund der Jogginghose an. Sie zieht den Kordelzug fest, so dass die Hose besser passt, als ich gedacht habe. Sie ist ihr zwar immer noch ein paar Nummern zu groß, aber in meinen Klamotten sieht sie einfach umwerfend aus.

„Einer meiner Mitarbeiter hat deine Sachen in den Trockner getan. Warum gehen wir nicht nach unten und rufen ein Abschleppunternehmen an?"

„Das wäre toll."

Ich öffne die Schlafzimmertür und sie folgt mir nach draußen und die Treppe hinunter. Ich führe sie hinunter ins Arbeitszimmer und lasse die Tür offen.

Es gibt einen Festnetzanschluss im Arbeitszimmer und einen weiteren in der Küche. Sie werden nur selten benutzt und ich habe schon öfter daran gedacht, den Anschluss zu kündigen, aber Geld ist kein Hindernis.

„Ich nehme an, du hast kein Telefonbuch?", fragt sie lachend.

„Ich kann nicht glauben, dass du alt genug bist, um zu wissen, was das ist", sage ich und schaue zu ihr rüber. Ich ziehe mein Handy aus meiner Tasche. „Ich gebe dir eine Nummer, die du anrufen kannst. Er ist ein Freund."

„Danke."

DREI

Madisyn

Taschenspielertricks. Ist das nicht die Art und Weise, wie Magierinnen und Magier ihre Tricks vor der Öffentlichkeit geheim halten? Anscheinend bin ich auch nicht so schlecht darin.

Mein Cousin hat mir zu meinem siebten Geburtstag ein Zauberset geschenkt, und es hat sich herausgestellt, dass es das beste Geschenk ist, das ich je bekommen habe.

Der USB-Stick in meiner Hand wandert auf meine Handfläche und dann zu den Fingerspitzen. Zum Glück ist er unglaublich klein und Mikhail hat nicht bemerkt, dass ich ihn in meinem Besitz habe, während er jeden Zentimeter von mir absuchte.

Ich muss etwas damit machen und es an einem anderen Ort aufbewahren, bis ich abreise, was einige Zeit dauern könnte. Ich sollte Agent Lexington unter der Nummer anrufen, die als Abschleppunternehmen angezeigt wird, falls jemand den Anruf untersucht.

Aber Mikhail gibt mir die Nummer von jemandem, den er kennt, und wenn sein Freund auftaucht, wie soll ich dann die Situation erklären? Ich muss Mikhail näher kommen und darf meine Tarnung nicht bei der erstbesten Gelegenheit auffliegen lassen.

Ich wähle die Nummer, die Mikhail mir gegeben hat, und warte darauf, dass jemand abnimmt. Aber es klingelt endlos. Ich schüttle den Kopf. „Es klingelt nur." Ich habe aufgehört zu zählen, wie oft das Telefon geklingelt hat, aber sie haben keine Mailbox, um eine Nachricht zu hinterlassen.

Erleichterung durchströmt mich. „Habt ihr eine andere Nummer? Jemand anderen, den wir anrufen können?" schlage ich vor und hoffe, dass er den Köder schluckt.

„Ich schicke ihm eine SMS", sagt Mikhail und deutet mir an, ich sollte auflegen.

Meine Haare sind immer noch feucht und kleben an meinem sauberen, trockenen T-Shirt, was mich frösteln lässt. An der gegenüberliegenden Wand gibt es einen Kamin, der aber nicht eingeschaltet ist.

Ich nähere mich dem Kamin. Es gibt falsche Holzscheite und sieht aus wie ein Gaskamin.

„Funktioniert der?", frage ich und hoffe, dass er Wärme erzeugt. Mir ist immer noch kalt von dem Regen. Da hilft es auch nicht, dass meine Haare feucht sind. Ich reibe meine Hände aneinander und versuche, mich aufzuwärmen.

Mikhail schreitet durch den Raum und greift nach dem Schalter an der Wand. Sofort erwacht das Feuer zum Leben.

Die künstlichen Flammen strahlen eine angenehme Wärme aus. Der Geruch kitzelt in meiner Nase. Es riecht ein wenig nach Gas, aber das scheint sich nach ein paar Sekunden zu verflüchtigen. „Danke", sage ich.

Er holt eine Decke aus einer Schublade und legt sie mir wie einen Schal über die Schultern. „Vielleicht möchtest du sie dir ein wenig ausleihen", sagt er.

Obwohl er so unwirsch ist, fühlt sich diese einfache Art der Freundlichkeit fast unnatürlich an. Aber ich nehme die Decke trotzdem. Ich friere und sie bietet mir ein wenig Wärme, um es sich bequem zu machen.

„Ich muss zugeben..." Mikhails Stimme ist tief und brummig. Er verschränkt seine Arme vor der Brust. Sein Blick bleibt an mir haften.

Ich warte darauf, dass er spricht und ziehe die Decke fester um mich herum. Meine Hände umklammern den kratzigen, marineblauen Stoff.

„Ich hätte erwartet, dass Steele seine Krankenschwestern angemessener bezahlt."

Ich zittere vor der Kälte in der Luft und seinen eisigen Worten. „Was meinst du?"

Woher weiß er, was ich verdiene? Oder was ich für meinen Lebensunterhalt benötige..

„Das Scheiß Auto da draußen", sagt Mikhail und deutet mit dem Daumen auf die Fassade des Gebäudes, an dem ich eine Panne hatte.

„Ich habe nicht die beste Bonität", sage ich und denke mir schnell eine Ausrede aus. „Und abgesehen von den monatlichen Raten sind die Zinsen einfach unerträglich.

Er schnaubt leicht und sein Blick verengt sich. „Dann solltest du besser lernen, deine Rechnungen pünktlich zu bezahlen. Mit diesem Haufen Metall, der vor meinem Haus steht, wirst du es nicht zur Arbeit schaffen."

„Ich werde das Abschleppen bezahlen", sage ich.

„Du wirst bezahlen, aber nicht mit Geld", sagt Mikhail.

Ich kann es nicht fassen, wie frech er ist! Glaubt er, ich falle einfach in sein Bett, weil ich unter seinem Dach bin?

„Wie bitte?" Ich ziehe die Decke weg, mir ist nicht mehr kalt.

Nein, ich dampfe. Wutentbrannt durchbreche ich die Distanz zwischen uns und stehe ihm Auge in

Auge gegenüber. Meine Hände sind zu Fäusten geballt, und ich schiebe ihm die Decke auf die Brust.

„Du hast mich gehört", sagt Mikhail mit einem Grinsen im Gesicht. „Du kommst in mein Haus, trägst meine Kleidung und benutzt mein Telefon. Du kannst davon ausgehen, dass du mir im Gegenzug etwas schuldest."

„Dir etwas schulden?" Ich bin tief entsetzt über seinen Vorschlag. „Ich gehe jetzt", sage ich und schiebe mich an ihm vorbei durch die offene Tür in den Flur.

Mikhail packt mich am Arm. „Ohne meine Erlaubnis gehst du nirgendwo hin."

„Wie bitte?" Für wen zum Teufel hält er sich? Ich reiße an meinem Arm und versuche, mich aus seinem Griff zu befreien, aber er hält mich noch fester. „Lass mich los", schreie ich.

Sein finsterer Blick gleitet an meinem Körper hinunter. „Und wohin genau willst du gehen? Deine Schuhe sind durchnässt, deine Kleidung ist in meinem Trockner und falls du es vergessen hast: Draußen regnet es immer noch. Die Straßen sind inzwischen vereist und niemand kommt, um dich zu holen", sagt Mikhail.

Bei seinen Worten lasse ich die Schultern sinken.

Besiegt.

Ich habe das Gefühl, dass er mich wie ein Kind behandelt und mich ausschimpft, weil ich einen Wutanfall hatte. Aber das ist kein Ausbruch, ich versuche vor dem Monster zu fliehen, das mich überragt.

Er blockiert meine Flucht, sein Körper ist groß genug, um mich daran zu hindern, an ihm vorbei in den Flur zu schlüpfen.

„Ich gehe zu Fuß nach Hause", sage ich und starre in seinen kalten Blick. „Ich habe keine Angst vor ein bisschen Regen." Denkt er, ich würde schmelzen?

„Es ist eisig und gefährlich draußen", erinnert mich Mikhail. „Du kannst von Glück reden, dass dein Auto eine Panne hatte und du nicht mit etwas zusammengestoßen bist. Jetzt komm mit mir." Er ergreift meine Hand und zieht mich aus dem Arbeitszimmer.

Ich wollte den Raum verlassen, aber jetzt, wo er die Kontrolle hat und mich durch sein riesiges Haus zerrt, will ich ihm nicht folgen.

„Lass mich los!" Ich versuche, mich aus seinem Griff zu befreien, aber seine Hände sind riesig und er ist stark. Mit ein paar Manövern, die ich auf der Akademie in Quantico gelernt habe, könnte ich ihn zu Fall bringen, aber ich will nicht, dass er Verdacht schöpft, dass ich eine Bundesagentin bin.

Stattdessen muss ich mich von diesem riesigen Mann ziehen lassen. Es ist haarig, bestialisch und nicht im Geringsten angenehm in seiner Nähe.

„Du könntest dich bei mir bedanken,", spottet er über mich. „Ich habe dir das Leben gerettet", knurrt er mich an und ich erschaudere.

In seinen Augen leuchtet ein Lächeln, ein Schimmer von Humor und Freude hinter seinem finsteren Blick.

„Danke", murmle ich leise vor mich hin.

„So, war das jetzt so schwer?" Er lässt meine Hand los, weil sein Handy in seiner Tasche summt, und ich ziehe mich weiter zurück und von ihm weg.

Mikhail scheint es entweder nicht zu stören, dass ich von ihm weggetreten bin, oder er ist zu sehr damit beschäftigt, seine SMS zu lesen, um mich zu bemerken. Ich werfe einen Blick zur Tür. Ich könnte nach draußen flüchten und wohin genau gehen?

Würde er mir hinterherkommen? Wenn er es tut, und einer meiner Kollegen mich aufliest, ist alles was passiert ist umsonst gewesen.

Ich muss mich nur noch ein wenig länger mit Mikhail beschäftigen. Wenn ich ihn hinter Gitter bringe, wird sich alles was ich tue, am Ende auszahlen.

Er schiebt sein Telefon zurück in die Tasche, zufrieden mit der Nachricht, die er erhalten hat. „Der Abschleppwagen wird morgen früh hier sein. Er hat schon ein halbes Dutzend Anrufe wegen des Eises auf den Straßen bekommen. Du bleibst heute Nacht hier."

Mein Mund wird trocken und meine Hände kribbeln, aber ich glaube, das liegt daran, dass ich immer noch ziemlich unterkühlt bin von der Kälte. Nachdem ich mich vom Kamin entfernt habe und die Decke nicht mehr um meine Schultern trage, fühle ich mich unwohl.

Ich hätte um ein Sweatshirt oder etwas mit langen Ärmeln bitten sollen, das ich tragen kann. Das Haus ist riesig und deshalb auch kühl. Meine Füße stehen nackt auf dem Boden und ich hätte ein Paar Socken oder Hausschuhe gebrauchen können, etwas das mich warm hält.

„Ich bin sicher, dass ich ein Taxi oder eine Mitfahrgelegenheit anrufen und nach Hause gehen kann", sage ich. Ich brauche ihn nicht, damit er mir sagt, was ich tun kann und was nicht. Er ist ein Fremder, und selbst wenn ich mich bei ihm verstecke, um ihn kennenlernen und sein Vertrauen zu gewinnen, werde ich das nicht tun, indem ich seine Befehle befolge.

Ich gehöre nicht zu seinen Soldaten.

Ich bin keine Russin oder Bratva.

Er schüttelt den Kopf und kneift sich in den Nasenrücken. „Kannst du nicht einfach Danke sagen, wenn jemand versucht, etwas Nettes für dich zu tun?" ,fragt Mikhail. Er starrt mich mit seinem Blick an.

Mir stockt der Atem, und er kommt näher. Die Decke, die ich ihm vorhin zugeworfen habe, liegt immer noch in einer seiner Hände. Er hebt seine Arme und wickelt die kratzige Wolle über meinen Rücken und um meine Schultern.

„Du siehst aus wie ein Eiszapfen", sagt er.

„Ich könnte ein Paar Socken gebrauchen."

Er hebt eine Augenbraue. Er scheint von meiner Bemerkung überrascht zu sein.

„Das Mädchen, das darauf besteht zu gehen, will etwas von mir", sagt er.

Ich weiß nicht, mit wem er spricht. Seine Männer scheinen sich in dem Moment verteilt zu haben, als wir gemeinsam den Flur betreten haben.

Mikhail ist weniger energisch, als er meinen Arm durch die Decke hindurch ergreift und mich zurück ins Arbeitszimmer begleitet. Die Wärme des Kamins ist viel deutlicher zu spüren, da er einige Zeit angelassen worden ist.

Ich gehe auf den Kamin zu.

„Bleib hier", sagt er. „Ich hole dir ein Paar Socken."

„Und ein Sweatshirt?", frage ich.

„Ich werde sehen, was ich tun kann", sagt Mikhail. Er dreht sich um und schlürft in den Korridor. Einer seiner Männer, Luka, der von vorhin im Fahrzeug, erregt seine Aufmerksamkeit.

Sie treten zur Seite, ihre Stimmen sind leise. Ich versuche, ihr Gespräch unauffällig zu belauschen, aber das ist bei einem Abstand von mehreren Metern gar nicht so einfach. Wenn ich näher komme, bekomme ich vielleicht etwas von dem Gespräch mit, aber Mikhail wird sich fragen, warum ich nicht am Feuer sitze.

Mit einer Hand halte ich die Decke und den USB-Stick fest und mit der anderen lasse ich mich vom Feuer wärmen.

Ich bin allein. Die beiden Männer eilen den Flur entlang und ich kann nicht sagen, ob Mikhail die Treppe hochgeht, um mir ein Paar Socken zu holen, oder ob er Luka begleitet und stattdessen etwas anderes vor sich geht.

Es ist ja nicht so, dass Mikhail mir vertraut. Ich kann nicht rauskommen und ihn fragen, was los ist. Wir sind Fremde. Ich kann froh sein, dass er mich nicht in den Sturm hinauswirft.

Ich schaue aus dem Fenster. Es ist schwer, etwas zu sehen. Eine Decke aus Dunkelheit umgibt das Grundstück.

„Ich habe dir etwas mitgebracht", sagt Mikhail. Er hat eine Decke und ein Kissen dabei. „Du kannst hier am Feuer schlafen", sagt er.

Er bringt die Sachen zum Sofa, legt sie dort ab und zieht die Vorhänge zu.

„Bekomme ich kein Schlafzimmer?" Die Wohnung ist riesig. Er hat bestimmt noch ein oder zwei weitere Schlafzimmer, die nicht benutzt werden.

Er schnaubt leise und dringt in meinen persönlichen Bereich ein, wobei er mir die Wärme des Feuers stiehlt, während er mir die Sicht auf die bernsteinfarbene Glut versperrt.

„Du bekommst, was ich dir gebe", sagt er grob.

Ich werfe einen Blick auf das Sofa. Es gibt schlimmere Orte, an denen ich jetzt sein könnte, zum Beispiel im Regen oder beim Versuch, bei Glatteis nach Hause zu fahren.

„Die Couch ist akzeptabel."

„So ist es brav", sagt er mit einem schiefen Grinsen. „Einer meiner Männer wird dir ein Paar Socken und ein Sweatshirt zum Anziehen besorgen. In der Zwischenzeit hat unser Privatkoch das Abendessen vorbereitet. Du kannst dich mir gerne anschließen."

Ich bin nicht hungrig. Der Aufenthalt unter dem Dach der Bratva hat meinen Adrenalinspiegel in die Höhe getrieben und mir den Appetit verdorben. „Ich glaube, ich gehe einfach ins Bett."

Mikhail runzelt die Stirn und schaut auf seine Uhr, als wolle er sich vergewissern, dass er nicht den Verstand verliert. „Blödsinn, du wirst mit mir zu Abend essen, ich bitte dich nicht darum."

Er ist irritierend, das muss ich ihm lassen.

„Was für ein Gastgeber wäre ich, wenn ich meinen Gast nicht umsorgen würde?", fragt Mikhail.

Ich halte inne, er hat ja recht. Er weiß nicht wer ich bin, und dass ich in seiner Nähe vorsichtig sein muss, weil ich weiß dass er ein Monster ist, das Männer ermordet und Kinder und ihre Familien bedroht hat.

Es ist gefährlich, etwas von ihm anzunehmen, und der Gedanke, dass er mich vergiften könnte, beruhigt mich nicht im Geringsten. Aber welche Wahl habe ich? Er wird misstrauisch werden, wenn ich nichts esse, und ich gebe nur ungern zu, dass ich hungrig bin.

„Danke." Ich zwinge mich zu einem Lächeln und er begleitet mich aus dem Arbeitszimmer und den Flur entlang, bis wir das Esszimmer erreichen.

Dort steht ein eleganter Tisch, gedeckt mit Geschirr für zwei Personen. Erwartet er noch weitere Gäste? „Was ist mit deinen Männern?", frage ich. „Essen sie nicht mit dir?"

„Sie essen, wenn ich fertig bin", sagt Mikhail. „Zumindest für heute Abend."

Ich kneife die Lippen zusammen und mein Blick verengt sich. „Das ist kein Date", sage ich. Ich will nicht, dass er auf schmutzige Ideen kommt, was zwischen uns passieren könnte.

„Das würde mir im Traum nicht einfallen." Er begleitet mich zu meinem Stuhl, zieht ihn zurück und wartet darauf, dass ich mich setze.

Ich bin nur mit Sweatshirt und T-Shirt bekleidet, während Mikhail einen tiefschwarzen Anzug trägt. Er sieht markant aus, wenn auch unheimlich, aber er hat etwas an sich, das ich auf eine angenehme Art und Weise ungewöhnlich finde.

Er schiebt meinen Stuhl heran, und ich halte erschrocken den Atem an, als ich die Geste bemerke.

Mikhail beugt sich vor und sein Atem kitzelt an meinem Ohr, als er hinter mir steht. „Entspann dich, ich beiße nicht."

Aber er könnte es. Er ist die Art von Mann, die einem das Ohr abreißen würde, wenn er einen Grund dazu hätte. Vielleicht braucht er nicht einmal einen Grund. Männer wie Mikhail gewinnen ihre Macht durch Angst und Gewalt.

Meine Füße sind fest auf dem Boden verankert. Ich habe immer noch keine Socken, und der Boden ist kühl an meinen Zehen. Ich habe mich an die Kälte gewöhnt, an die leichten, federartigen Haare, die sich auf meinen Armen aufstellen. „Ich habe nicht gedacht, dass du es tust", sage ich.

Ich lasse ihn keine Angst sehen. Wahrscheinlich bezieht er seine Macht aus der Angst, die er ausstrahlt. Mein Team weiß, dass ich hier bin. Sie werden nicht zulassen, dass mir etwas zustößt.

Nur bin ich nicht verkabelt. In dem Gebäude sind keine Kameras oder Abhörgeräte installiert. Keiner kann mich sehen oder hören, wenn ich um Hilfe rufe.

Ich bin tief untergetaucht, und es gibt keinen Ausweg.

„Du scheinst abgelenkt zu sein", sagt Mikhail.

„Ich bin nur überwältigt", sage ich. Es ist keine Lüge.

„Wie das?", fragt er und öffnet eine Flasche Rotwein auf dem Tisch. Er schenkt sich ein Glas ein und sieht mich dann an. „Du bist einundzwanzig, richtig?"

Ich bezweifle, dass es ihn interessiert, ob ich alt genug zum Trinken bin oder nicht, aber ich weiß das Kompliment zu schätzen.

„Weit darüber hinaus." Seine Bemerkung reicht aus, um die Stimmung für einen Moment aufzuhellen, und er schenkt mir ein Glas ein.

„Danke." Ich will nach dem Glas greifen und die dunkelrote Flüssigkeit hinunterkippen, aber ich warte, bis Mikhail den ersten Schluck genommen hat.

Nicht, dass ich vermute, dass es vergiftet ist. Ich will nur nicht unhöflich erscheinen.

Er zieht den Holzstuhl heraus und setzt sich an den anderen Platz am Tisch. Es ist noch kein Essen da. Ich nehme an, sein Personal wird es uns bringen.

„Was machst du beruflich?", frage ich ihn.

Ich erwarte nicht, dass er mir offen alle seine Sünden beichtet, aber jedes normale Mädchen wäre neugierig, wie groß sein Haus und sein angebliches Vermögen ist.

„Du meinst, wie ich mir das alles leisten kann?", fragt er und deutet auf das Haus. Er hebt sein Glas, schwenkt den Wein und riecht das duftende Aroma, bevor er probiert.

Ich dachte immer, das macht man, bevor man zwei volle Gläser einschenkt, aber der Mann ist bemerkenswert. Das steht fest.

Er atmet den Duft tief ein, bevor er das Glas an seine Lippen führt.

Ich greife nach meinem und nehme einen Schluck. Er ist trocken, hat aber keinen bitteren Nachgeschmack. Es ist ein erstaunlich guter Wein.

„Ich bin ein sehr glücklicher Mann", prahlt Mikhail. „Aber genug von mir. Ich mag es, alles über die Gäste in meinem Haus zu wissen. Erzähl mir alles über dich."

Ich atme nervös aus. Ich habe eine gute Tarngeschichte, ich muss sie nur noch glaubhaft machen.

VIER

Mikhail

Es ist morgen und ich stöhne, unzufrieden mit der frühen Stunde. Die Sonne ist noch nicht aufgegangen, oder wenn doch, dann ist sie unter dem Wolkendickicht begraben.

Ist es immer noch bitterkalt und sind die Straßen vereist?

Ich steige aus dem Bett, dusche und ziehe mich für den Tag an.

Gestern war es interessant, mit Madisyn. Sie ist ein Mädchen, das mir nicht mehr aus dem Kopf geht, aber das sollte sie. Ich benötige keine sexy Ablenkung, die mich bei meiner Arbeit stört.

Außerdem bin ich kein Mann, der sich an jemanden bindet, geschweige denn eine Beziehung eingeht.

Sex ist etwas, mit dem ich gut umgehen kann, aber ich brauche keine Intimität oder die damit verbundenen Bedingungen. Und Kinder, Gott steh mir bei, wenn ich jemals wieder eins unter meinem Dach sehen muss.

Bevor ich inhaftiert wurde, lebte meine Schwester mit ihren beiden Kindern, den zweieiigen Zwillingen Sophia und Liam, in meinem Haus. Kleine unausstehliche Bälger, die sich in jeden Ärger einmischten, den sie finden konnten. Sie und ihre Zwillinge sind mit einem Italiener durchgebrannt, und sie hat den Typen wahrscheinlich schon geheiratet.

Ich habe kein enges Verhältnis zu ihr.

Wie könnte ich das auch erwarten, wenn ihr Verrat mich von innen heraus bluten lässt? Sie hat gegen mich ausgesagt, und versucht mich hinter Gitter zu bringen.

Im Prinzip hat sie mich eingesperrt, bis ich freigelassen wurde, weil die Geschworenen sich nicht einigen konnten.

Ja, das habe ich getan, um sicherzustellen, dass ich nicht für den Rest meines Lebens hinter Gittern in einer winzigen Zelle sitze. Geld und Macht sind eine Möglichkeit, mir das zu geben, was ich will.

Ich reiße die Vorhänge auf und werfe einen Blick nach draußen. Die Sonne ist aufgegangen, aber sie ist hinter den rauchgrauen Wolken verborgen.

Die Bäume sind mit Eis bedeckt und die Äste sind schwer. Wir haben noch Strom, bei Winterstürmen ist es immer ein Problem, dass der Strom ausfallen könnte. Das Gelände ist auf dem neuesten Stand, modernisiert, aber nicht neu.

Der Ort wurde Ende des 18. Jahrhunderts erbaut. Er wurde erweitert, umgestaltet und instand gehalten. Aber die Stromleitungen kommen immer noch von außen. Sie sind in dieser Gegend nicht unter der Erde verlegt.

Wir haben einen Generator auf der Rückseite, der bei Bedarf unsere Überwachungssysteme unterstützt und den Kühlschrank, die Gefriertruhe und andere Systeme auf dem Gelände bedient. Es ist jedoch keine makellose Struktur.

Es klopft kurz an der Tür. „Ja?," rufe ich und warte auf eine Antwort.

Nikita öffnet die Tür und betritt mein Schlafzimmer. „Sir, Sie wollten Informationen über das Mädchen, Madisyn Taylor."

„Siehst du, du hast ihren Nachnamen herausgefunden." Ich grinse und freue mich über Nikitas Entschlossenheit, meine Informationen wie gewünscht zu sammeln. „Was hast du herausgefunden?"

„Nicht viel. Sie ist eine neue Mitarbeiterin, aber ihr Hintergrund ist in Ordnung. Sie hat in den letzten sieben Jahren in einem Krankenhaus in Ohio gearbeitet. Ich habe die Einrichtung angerufen, um sicherzugehen, dass ihre Arbeitsgeschichte in Ordnung ist.

„Sonst noch etwas?" Ich muss die kleinsten Details nicht wissen, wenn alles in Ordnung ist. Sie hat beim Abendessen erwähnt, dass sie vor Kurzem in die Stadt gezogen ist, aber ich habe ihr nicht entlocken können, woher sie kommt.

„Sie ist Krankenschwester, aber das wusstest du schon. Ich halte es für eine gute Idee, sie hierzubehalten", sagt Nikita und wirft seine Meinung ein. „Wir könnten eine Krankenschwester vor Ort gebrauchen, wenn es schwierig wird."

Der Gedanke ist mir auch schon durch den Kopf gegangen, aber sie ist keine Ärztin und ihr Level an Fähigkeiten, Nützlichkeit und Loyalität wurde mir noch nicht bewiesen.

„Dafür haben wir den Concierge", sage ich und erinnere ihn an unsere beträchtlichen Investitionen in die Organisation. Wir zahlen nicht nur eine monatliche Gebühr. Wir sind auch Anteilseigner, die dafür sorgen, dass unsere Privatsphäre gewahrt bleibt und wer als Kunde angenommen wird. Wir wollen nicht, dass die italienische Mafia oder das kolumbianische Kartell vor unserer Haustür auftauchen. Sie können sich woanders Hilfe holen, zum Beispiel im örtlichen Krankenhaus oder in einer Klinik.

„Dr. Gracie Steele?" fragt Nikita und hebt eine Augenbraue. „Diese Frau ist anständig. Wenn sie auch nur den Hauch von Ärger bekommt, geht sie direkt zur Polizei."

„Das wird sie nicht."

Dr. Steele ist zwar eine renommierte Chirurgin und Ärztin, aber sie ist mit ihrer Hausarztpraxis ausgelastet, empfängt Patienten, kümmert sich um die Verwaltung und ist mit den alltäglichen Aufgaben regelrecht überfordert. Die Frau würde es nicht bemerken, wenn wir uns einen Aufzug teilen oder einer unserer Männer eine Schusswunde hätte.

Sie ist beschäftigt, aber nicht dumm. Das muss ich Nikita lassen, aber Dr. Steele ist keine Ärztin, die wir für einen Hausbesuch gebrauchen können.

Ich vertraue auf ihre Verschwiegenheit und Privatsphäre in der Concierge-Einrichtung, nicht in meinem Haus.

„Gut, wir besorgen uns Madisyns Nummer und halten uns alle Optionen offen, aber nur, wenn es sich um einen Notfall handelt. Ich mag es nicht, Streuner herzubringen und sie zu füttern", sage ich.

„Hast du das nicht letzte Nacht getan?"

„Halt dein Maul", knurre ich Nikita an. Er sollte auf seinen Tonfall achten, wenn er nicht gemaßregelt werden will, die Toiletten putzen und andere Routinearbeiten die ein Laufbursche zu erledigen hat.. „Du kannst gehen." Ich habe genug von ihm und will, dass er aus meinem Zimmer verschwindet.

„Es gibt noch eine andere Angelegenheit. Ms. Madisyn muss heute Morgen zur Arbeit gefahren werden."

Ich atme schwer aus und greife nach meinem Handy auf dem Nachttisch. Es gibt zwei verpasste SMS von Andrei, dem Mitarbeiter, dem der Chop Shop, einer nicht ganz legalen Autoverwertung, in der Innenstadt gehört. Er ist der Herr, den ich gestern Abend versucht habe anzurufen, aber er war mit anderen Fahrzeugen beschäftigt, die Vorrang hatten.

„Ich kümmere mich darum. Sag ihr, dass ich in fünf Minuten unten bin", sage ich zu Nikita und entlasse ihn.

Er verlässt wortlos den Raum und schließt die Tür, als er geht.

Ich rufe Andrej an und warte, bis er den Anruf entgegennimmt. „Mikhail", sagt Andrej, der meine Nummer erkannt hat. „Hast du ausgeschlafen? Hast du eine lange Nacht gehabt?", scherzt er und deutet an, dass ich mit Madisyn geschlafen habe.

Ich schimpfe über seine Andeutung. „Das geht dich nichts an", sage ich mit einem hastigen Knurren. Eine Hand umklammert das Handy, die andere ballt sich zu einer Faust an meiner Seite. „Hast du ihr Auto abgeschleppt?", krächze ich zwischen zusammengebissenen Zähnen.

Andrei und ich verstehen uns normalerweise gut. Ich hätte mich nicht an ihn gewandt, wenn es nicht so wäre, aber ich will nicht, dass er Vermutungen anstellt, weil er ein Arschloch ist.

„Ich bin heute Morgen vorbeigefahren, aber es hat schon jemand anderes abgeholt", sagt Andrei.

„Ein anderes Abschleppunternehmen?" Sie hatte den Wagen am Straßenrand geparkt. Allerdings stand in der Nähe ein Parkverbotsschild.

„Wahrscheinlich. Wenn du mir das Nummernschild gibst, kann ich mich umhören und herausfinden, wer es abgeschleppt hat."

Ich werfe meine schmutzigen Klamotten in den Wäschekorb, gehe aus dem Schlafzimmer und schließe die Tür hinter mir. „Ich schicke dir das Kennzeichen, sobald ich es habe. Danke, Andrej."

Ich beende das Telefonat und gehe die Treppe hinunter ins Arbeitszimmer.

Madisyn sitzt auf dem Sofa und hat die Decke um ihre Taille geschlungen.

„Hast du gut geschlafen?", frage ich.

„Ja, der Kamin hat das Zimmer schön warm gehalten", sagt sie. Sie hält einen dampfend heißen Becher in der Hand; ich nehme an, es ist Kaffee. Einer meiner Wächter muss ihn für sie mitgebracht haben. Ihre sauberen Klamotten liegen auch unten auf dem Sofa, gefaltet und bereit zum Anziehen.

„Wann musst du zur Arbeit?", frage ich. „Ich kann dich heute früh mitnehmen."

„Das ist nicht nötig", sagt sie und ihre Wangen röten sich.

Ich gehe einen Schritt näher heran. Warum wird sie rot? Was hat sie zu verbergen?

„Wie willst du sonst heute früh zur Arbeit kommen? Es sei denn, du hast den Tag frei?"

Sie führt die Tasse an ihre Lippen und nimmt einen Schluck. „Nein, ich sollte zu meiner Schicht gehen.

Ich hatte nur gehofft, dass das Wetter so schlecht ist, dass ich den Tag freinehmen kann.

„Passiert das manchmal?" Ich kann mir nicht vorstellen, dass eine Krankenschwester wegen des Wetters freibekommt. Vielleicht bei längeren Schichten, wenn das Personal Schwierigkeiten hat, zur Arbeit zu kommen, aber es gibt keine Schneetage oder Tage mit vereisten Straßen, an denen das Büro geschlossen ist oder später öffnet.

Sie lächelt in ihren Becher. „Niemals. Macht es dir etwas aus, wenn ich mich im Bad umziehe?"

„Mir wäre es lieber, wenn du dich vor mir ausziehst", sage ich.

Ihre Augen funkeln, sie lächelt und schüttelt den Kopf. „Eine Show ist dein Limit. Merk dir das", sagt sie und steht auf.

Sie nimmt einen Schluck und trinkt den letzten Tropfen ihres Kaffees aus, bevor sie mir ihren leeren Becher auf der Bauch drückt und ihn in meine Hände legt.

Heute hat sie eine Ausstrahlung, die sie mir gestern noch nicht gezeigt hat: Sie lässt sich nichts gefallen. Es ist amüsant, sie dabei zu beobachten, wie sie versucht, die Kontrolle zu übernehmen, obwohl sie unter meinem Dach keine hat.

Ich habe das Sagen auf dem Gelände und das weiß jeder verdammt gut.

Meine Männer wissen das, und jeder, der jemals mit mir als Bratva zu tun hatte, weiß, dass ich der Boss bin.

Aber sie weiß nichts von der dunklen Unterwelt, die sich direkt vor ihrer Nase befindet. Ehrlich gesagt ist es verlockend, ihr einen kleinen Einblick zu gewähren und zu sehen, wie sie darauf reagiert.

Es ist, als würde man ihr eine Kostprobe der verbotenen Frucht geben.

Madisyn greift auf das Sofa, um ihre Kleidungsstücke vom Vortag zu holen. Sie waren nach der Sintflut in den Trockner geworfen worden, aber sie sind nicht im Geringsten sauber.

„Ich gehe mal schnell ins Bad", sagt sie. Diesmal bemerke ich, dass sie nicht um Erlaubnis bittet. Denn offensichtlich habe ich ihr kein bisschen davon gegeben.

Sie ist frech und ein wenig rücksichtslos. Aber sie weiß nicht, worauf sie sich einlässt und mit wem sie es zu tun hat.

Das finde ich sowohl unwiderstehlich als auch heiß.

Madisyn drängt sich an mir vorbei und geht aus dem Arbeitszimmer in den Flur. Sie benötigt einen Moment, um sich zu orientieren und an den Weg im Gebäude zu erinnern. Das ist einer der Vorteile, wenn man ein so großes Haus hat. Für eine fremdePerson ist es leicht, sich zu verlaufen.

Und das will ich nicht, denn dann stolpert sie bestimmt über etwas, was sie nicht sehen sollte.

Ich habe Männer, die spezielle Projekte für mich erledigen, Verhöre durchführen, Geld waschen, gestohlene Waren zählen und gefälschte Dokumente herstellen. Das alles geschieht unter diesem Dach. Vielleicht nicht gleichzeitig, aber es gibt jede Menge illegale Drogen und Waffen hinter dem makellosen Eisenzaun auf meinem Gelände.

Ich warte vor der Badezimmertür, bis Madisyn mit dem Anziehen fertig ist. Sie ist nicht wie die anderen Mädchen, mit denen ich geschlafen habe, sie nimmt sich Zeit, um sich zu schminken, und zu frisieren.

Sie ist in kürzerer Zeit aus dem Bad gekommen als ich zum Rasieren benötige, und ich habe einen ziemlichen Bartwuchs. Ich warte auf sie und sie scheint erschrocken zu sein, als sie die Tür öffnet und mich am anderen Ende sieht.

„Entschuldigung, musstest du auf die Toilette?", fragt sie.

„Nein."

Sie hat etwas Süßes und Unschuldiges an sich. Sie merkt nichts von der Dunkelheit und der Gefahr, die auf sie zukommt, die sie umkreist und sich ihr nähert, um sie anzugreifen.

„Lass uns gehen", sage ich und führe sie aus dem Bad, den Flur entlang und zur Garageneinfahrt.

Diesmal hat sie ihre Socken an und als wir uns der Tür nähern, bückt sie sich, um ihre Schuhe zu greifen und sie anzuziehen.

„Sind sie trocken?"

„Etwas, aber sie können nicht in den Trockner gegangen sein." Sie zieht sie an. Ich ziehe meine Jacke, meinen Hut und ein Paar Handschuhe an. Draußen ist es kühl und in New York kann man nie nah genug parken, selbst wenn der Parkservice da ist.

„Komm schon, lass uns gehen", sage ich und begleite sie zum Auto.

„Sir", sagt Luka und beeilt sich, uns zu begleiten. Er ist normalerweise mein Leibwächter und mein Fahrer, wenn ich nicht auf dem Gelände bin.

„Das ist nicht nötig", sage ich und gebe ihm eine Geste, damit er sich umdrehen soll. Es gibt genug geschäftliche Besorgungen und Aufgaben zu erledigen, um Luka und meine Männer zu beschäftigen, während ich weg bin.

„Wow, kein Chauffeur?" stichelt Madisyn.

Sie achtet entweder darauf, ihn nicht als Bodyguard zu bezeichnen, oder sie weiß nicht, dass ich einen brauche. „Heute nicht. Komm schon", sage ich und öffne ihr die Beifahrertür, als wir den SUV erreichen

Ich warte, bis sie im Fahrzeug ist, bevor ich die Tür schließe. Als ich auf der Fahrerseite einsteige, ist sie bereits angeschnallt. „Ich habe heute Morgen mit Andrej gesprochen", sage ich.

Ich drücke den Garagenknopf, öffne die Flügeltüren und drücke den Startknopf für den Motor. Er erwacht zum Leben.

Die ganze Zeit über starrt mich Madisyn mit einem merkwürdigen Blick an. „Wer?"

„Mein Freund von der Abschleppfirma, die ich für dich kontaktiert habe. Er sagte, dein Auto sei schon heute Morgen weg gewesen. Wenn du mir das Kennzeichen gibst, kann er herumtelefonieren und herausfinden, wer dein Auto hat."

Sie öffnet ihren Mund und lacht leise. „Ich kenne mein Nummernschild nicht. Sollte ich das etwa?"

„Na, das macht die Sache etwas komplizierter", murmele ich. Der Typ versucht, eine gute Tat zu vollbringen, und Madisyn ist so ahnungslos wie nur möglich.

„Es hat neue Nummernschilder. Ich habe das Fahrzeug gerade erst angemeldet, weil ich vor Kurzem hierhergezogen bin. Allerdings ist es auch nicht so, dass ich mir mein Nummernschild in Ohio jemals gemerkt hätte."

Das Mädchen strahlt eine ländliche Atmosphäre aus. Als ob sie ihr ganzes Leben darauf gewartet hätte, in der Großstadt zu leben.

„Mach dir darüber keine Sorgen. Ich werde ein paar Anrufe machen", sage ich.

„Das ist nicht nötig. Ich kann mich in meiner Mittagspause darum kümmern."

Ich gebe Gas und wir rollen direkt aus der Garage über die lange, gepflasterte Einfahrt in Richtung des Gatters. Meine Männer sehen das Fahrzeug kommen und haben das Tor bereits für uns geöffnet.

„Wann?" Ich habe gestern das Gespräch mit deiner Freundin im Aufzug mitbekommen. „Hast du nicht gesagt, dass du kaum eine Pause bekommst, geschweige denn eine Mittagspause?"

„Du hast zugehört!" sagt Madisyn lachend und deutet auf mich.

„Hätte ich das nicht tun sollen? Wir saßen zusammen in einem Aufzug fest."

„Ich würde das Wort feststecken nicht benutzen", scherzt sie. Ihre Schultern entspannen sich, als sie kurz aus dem Seitenfenster schaut, und dann richtet sich ihre Aufmerksamkeit wieder auf mich. „Feststecken bedeutet, dass du nirgendwo anders sein konntest, als ob der Aufzug kaputt wäre. Aber wie lange warst du mit mir zusammen? Dreißig Sekunden? Vielleicht eine Minute, einschließlich der Zeit, in der sich die Aufzugtüren öffnen und schließen."

„Nun, ich konnte nicht entkommen. Also sitze ich fest." Ich bleibe bei meinen Argumenten. Warum auch nicht?

Ich liege nie falsch.

Niemand stellt jemals die Autorität eines Pakhan infrage. Sie wissen es besser, aber dieses Mädchen weiß nichts darüber, wer ich bin und womit ich mein Geld verdiene.

„Fliehen?" Sie starrt mich an und fängt an zu lachen. „Du bist verrückt. Ich habe im Haus eines Verrückten übernachtet."

Ich schaue sie kurz an. „Das merkst du erst jetzt?" ‚frage ich und richte meine Aufmerksamkeit wieder auf die Straße.

Der Verkehr wird immer dichter und ich muss nicht in ein anderes Fahrzeug krachen, weil ich der heißen Blondine, die neben mir sitzt, mehr Aufmerksamkeit schenke.

„Normalerweise ist die Antwort darauf 'Danke'", grunze ich.

Sie runzelt die Stirn, als sie mich mustert und ihre Augen über meinen Körper wandern lässt. „Du kommst mir nicht wie ein Typ vor, der viel Anerkennung sucht."

Sie hat nicht Unrecht. Ich brauche niemanden, der mir in den Arsch kriecht oder mir auf die Schulter klopft, wenn ich etwas gut gemacht habe. „Wie kommst du darauf?" Ich werfe ihr einen Blick zu, bevor ich das Lenkrad fester umklammere.

Der Geländewagen bimmelt und ich richte meine Aufmerksamkeit auf das Licht am Armaturenbrett des Fahrzeugs.

„Gibt es ein Problem?", fragt sie.

Ich muss den Geländewagen volltanken. Luka hat ihn gestern fast ohne Benzin abgestellt, und der Tank ist fast leer.

Auch wenn das Eis auf der Straße geschmolzen ist und die Sonne scheint, ist es immer noch eiskalt

,und diese Aufgabe hätte ich Luka oder einem meiner Männer überlassen.

„Nein", grunze ich.

Sie lehnt sich näher heran, schaut auf das Armaturenbrett und bemerkt die Tankanzeige. „Das bedeutet, dass du fast kein Benzin mehr hast."

„Das weiß ich." Ich starre sie an. Denkt sie, dass ich noch nie Auto gefahren bin?

„Du brauchst Benzin, damit der Motor läuft", sagt Madisyn mit todernster Miene. „Ohne kannst du kein Auto fahren. Wie Öl oder Wischwasser."

„Oh mein Gott, das war zu viel." Ich halte es nicht mehr aus, und sie erntet tatsächlich ein Lachen von mir. War das die ganze Zeit ihr Plan? Mich lachen zu sehen. „Wischwasser ist keine Notwendigkeit."

„Nun, das sollte es aber. Wenn du in Ohio wohnst und nach einem Schneesturm auf dem Highway fährst, kann dir schnell die Scheibenwaschflüssigkeit ausgehen. Dann ist es gefährlich, wenn du nicht durch die Scheibe sehen kannst, besonders wenn die Sonne untergeht und du Richtung Westen fährst."

„Bist du heute früh nicht gesprächig?"

„Ich habe zwei Tassen Kaffee getrunken", sagt sie mit einem rötlichen Grinsen, als ob sie gestehen würde, dass sie unartig war und in Schwierigkeiten steckt. „Normalerweise darf ich kein Koffein zu mir nehmen."

„Ist das so?" Ich fahre in die Einfahrt zu einer Tankstelle. „Tut mir leid, es wird ein paar Minuten lang kalt hier drin." Ich stelle den Motor ab und trete in die frische Winterluft, um das Fahrzeug zu betanken.

Gelegentlich werfe ich einen Blick in den Wagen zu Madisyn. Durch die getönten Scheiben ist es schwierig, viel zu sehen.

Ich sollte sie bei der Arbeit absetzen und schwören, dass ich sie nie wieder sehen werde. Ich tue ihr ja keinen Gefallen, wenn ich mich mit ihr anfreunde, und außerdem brauche ich keine Freunde.

Ich bin ein Einzelgänger. Ich habe meine Männer, auf die ich mich verlassen kann, und das ist mehr als genug. Das ist alles, was ich brauche.

Nachdem ich den Tank aufgefüllt habe, eile ich zurück in den SUV und raus aus der Kälte. „Ich war noch nie so dankbar für Luka", murmle ich.

„Was?" fragt Madisyn und schenkt mir ihre ungeteilte Aufmerksamkeit.

„Luka füllt normalerweise den Tank für mich auf." Ich verlasse den Parkplatz und fahre zurück auf die Straße. „Wann hast du Feierabend?"

„Willst du mit mir ausgehen?" Auf ihrem Gesicht liegt ein schiefes Lächeln.

Verdammt!

Hofft sie, dass ich sie frage, weil ich es nicht getan habe?

„Ich wollte wissen, wann du Feierabend hast, damit ich dich nach Hause fahren kann."

Sie erzwingt ein Lächeln. „Ich will dich nicht noch mehr belästigen, als ich es ohnehin schon getan habe. Ich kann eines der Mädchen bitten, mich nach Hause zu fahren."

„Wann hast du Feierabend?" Ich wiederhole die Frage. Es geht nicht darum, dass ich sie durch die Stadt fahren muss oder dass meine Männer sie begleiten. Es geht darum, dass Nikita recht hat. Sie ist eine Krankenschwester und jemanden in unserem inneren Kreis zu haben, wenn wir ihn brauchen, ist keine schlechte Sache.

Außerdem möchte ich die Gelegenheit haben, die Frau kennenzulernen, die ich auf meiner Couch schlafen lasse. Ich bin erst zufrieden, wenn ich ihre Wohnung von innen gesehen und ihre Sachen durchstöbert habe und mir sicher bin, dass sie hundertprozentig authentisch ist.

Normalerweise habe ich ein gutes Gespür für Schwachsinn und Ärger. Madisyn steht ganz oben auf der Skala für Ärger, aber ich kann nicht unterscheiden, ob sie mir Ärger bereitet, weil sie eine Frau ist und ich keine Beziehung brauche, und sie als Problem.

Ich halte draußen vor der Lobby in der Nähe des Eingangs an. „Acht-Stunden-Schicht, rechne du mal", sagt Madisyn. Sie ist fröhlich, positiv, etwas zu normal für meinen Geschmack.

„Ich werde hier sein."

———

Einen Großteil meines Tages verbringe ich damit, darüber zu diskutieren, wie wir mit dem Kartell umgehen sollen. Sie haben sich in unsere Geschäfte eingemischt und versucht, unsere Geschäftspartner zu bestehlen. Ihre Männer sind dreckige Schlangen, hinterhältige Hochstapler und Schläger.

Wir haben bei unserer Arbeit mit vielen zwielichtigen Gestalten zu tun. Doch das Kartell macht Jagd auf ältere Menschen und zwingt sie, Hunderttausende von Dollar zu zahlen und ihre Rentenkonten zu plündern.

Das ist widerlich, und obwohl mir das egal sein sollte, bin ich stolz auf meine Arbeitsmoral und auf das, was ich für meinen Lebensunterhalt tue. Wir verkaufen zwar Medikamente und machen einen satten Gewinn, aber wir geben sie Leuten, die sie sonst woanders bekommen würden. Wenigstens sind unsere Drogen von hoher Qualität und nicht mit Fentanyl vermischt.

Meine Lieferanten sind wie Gold, und der Gedanke, dass das Kartell sich unsere Drogen oder unsere Lieferanten unter den Nagel reißen könnte, gefällt mir nicht.

Sie haben mit unseren Lieferanten geredet, und das reicht aus, um gegen sie vorzugehen, und zwar dann, wenn sie es am wenigsten erwarten.

Wenn es nicht die italienische Mafia ist, die mir Kopfschmerzen bereitet, dann ist es das Kartell. Nicht, dass wir das Problem nicht in den Griff bekommen würden. Deshalb habe ich ein Treffen mit meinen Männern einberufen, damit sie das Kartell dort treffen, wo es weh tut.

Sie haben den Befehl, Carlos Sanchez, den Anführer des Kartells, auszuschalten. Dmitri, mein Unterboss, leitet die Operation. Ich habe ihm grünes Licht für einen Anschlag auf Sanchez gegeben.

Sanchez ist kein einfacher Mann, aber meine Männer werden alles tun, was nötig ist, um das Problem zu beseitigen.

Nach der Besprechung schaue ich bei Steele Concierge Medical vorbei. Ich stelle sicher, dass es vorbei ist, damit ich genug Zeit habe, um Madisyn am anderen Ende der Stadt abzuholen.

Ich sollte Luka oder sogar Nikita bestellen, um Madisyn abzuholen. Aber stattdessen sitze ich hinter dem Steuer.

Ich schaue auf die Uhr im Auto und tippe mit den Fingern gegen das Lenkrad. Wie lange soll ich denn noch auf sie warten?

Ich werfe einen Blick in den Rückspiegel. Ich bin immer vorsichtig, um sicherzugehen, dass ich nicht verfolgt werde. Deshalb lasse ich normalerweise Luka fahren. Er ist gut darin, ein Auge darauf zu haben, ob ich verfolgt werde, und kann sich gleichzeitig auf die Straße konzentrieren.

Ich erkenne einen der Männer des Kartells, der durch den Vordereingang eilt. Er hat niemanden dabei und sieht auch nicht so aus, als bräuchte er sofortige medizinische Hilfe, obwohl er sich sicher beeilt, sie zu bekommen.

Will das Kartell die Dienste des Concierge in Anspruch nehmen? Ich muss mit Dr. Gracie Steele sprechen, und es gibt ein bestimmtes Klientel, das ich nicht akzeptieren will. Das Kartell steht auf dieser Liste.

Ich greife zu meinem Handy und schicke Nikita eine SMS, damit er das für mich recherchiert. Ich will wissen, warum das Kartell in unserem Revier ist und unsere Einrichtungen nutzt.

Die Doppeltüren öffnen sich automatisch, und Madisyn kommt heraus, als hätte sie es eilig. Ich schiebe mein Handy in meine Tasche, damit sie keine Fragen stellt.

Hinter ihr treten mehrere Menschen nach draußen. Eine Frau mit einem Kleinkind und ein Mann, der allein ist. Er scheint Madisyn in seinem Blickfeld zu haben.

Wer ist er?

Er sieht nicht wie ein Angestellter aus, aber vielleicht hat er sich umgezogen und ist für heute fertig. Könnte er ein Ex-Geliebter sein? Ein Ehemann? Nein, wenn sie verheiratet wäre, hätte Nikita es mir gesagt.

Madisyn geht auf meinen Geländewagen zu und wirft einen Blick durch das Fenster, bevor sie die Tür öffnet.

Kluges Mädchen, um sicherzugehen, dass ich es bin.

Andererseits, wenn sie klug wäre, würde sie dann mit einem brasilianischen Chef mitfahren?

Sie klettert auf den Vordersitz, schlägt die Tür zu und schnallt sich an. „Danke, dass du mich mitnimmst", sagt Madisyn. „Ich hoffe, du musstest keinen Umweg machen."

„Das war kein Problem", sage ich, ohne direkt auf ihre Bemerkung einzugehen. „Wie lautet deine Adresse?", frage ich sie.

Sie nennt mir ihre Adresse und ich gebe sie in das GPS-Display ein, das mir die Route anzeigt. Die Route ist einfach und entspricht dem, was ich erwarten würde, wenn ich nach Hause fahre. Sie führt direkt an meinem Haus vorbei.

„Ich habe mein Fahrzeug gefunden", sagt Madisyn und unterbricht das Schweigen zwischen uns, als ich auf die Straße fahre.

„Weißt du schon, was du tun musst, um das Auto zu reparieren?" frage ich und schaue sie kurz an. Ich wollte eigentlich Andrei anrufen, aber ich war heute Nachmittag von der Diskussion über Sanchez und das Kartell abgelenkt worden.

„Ich brauche einen neuen Motor." Madisyn zieht eine Grimasse und verschränkt die Arme vor der Brust.

„Es wird billiger sein, wenn du dir ein neues Auto kaufst", sage ich.

Irgendwie bezweifle ich, dass sie sich ein nagelneues Fahrzeug leisten kann, sonst hätte sie schon eines. Man fährt doch nicht zum Spaß ein heruntergekommenes Scheißauto.

Sie strahlt eine stille Verzweiflung aus. Sie versucht zu verbergen, dass sie kein Geld hat, dass sie wahrscheinlich stinkarm ist, aber ich weiß nicht, warum. Sie hat einen anständigen Job. Hat sie Schulden, die sie ersticken?

„Vielleicht einen Gebrauchtwagen", sagt sie mit leiser Stimme.

Mir gehen Nikitas Worte nicht aus dem Kopf, in denen er vorschlägt, dass sie für uns arbeiten und auf Abruf zur Verfügung stehen könnte, wenn es nötig ist. Das würde ihre Geldsorgen lösen, aber hier geht es nicht um sie. Es geht um meine Bedürfnisse, meine Männer und unsere Sicherheit.

Ich muss wissen, dass ich ihr vertrauen kann, und das geht nur, wenn ich sie teste.

FÜNF

Madisyn

Eine Stunde zuvor...

„Was machst du denn hier?", frage ich, packe Aaron am Arm und ziehe ihn den Flur entlang in einen leeren Raum.

Ich schließe die Tür hinter uns.

Aaron Moore ist mein Chef. Er ist nicht nur mein Chef beim FBI, er ist auch ein ziemlicher Idiot, aber das wusste ich nicht, als ich mit ihm schlief. Das ist Monate her und hat mich dazu gebracht, diesen Auftrag anzunehmen, damit ich ihn nicht jeden Tag sehen muss.

Ich habe um eine Versetzung aus seiner Abteilung gebeten, aber ich habe ihm nicht genau gesagt, warum ich einen Wechsel wollte. Wir wären beide in Schwierigkeiten geraten, und obwohl er die ganze Affäre zwischen uns angezettelt hatte, war ich auch nicht unschuldig.

„Ich will wissen, wie es dir geht", sagt Aaron. Seine Hand streicht mir eine Haarsträhne hinters Ohr.

Ich stoße ihn weg und versuche, die Grenzen zwischen uns zu schaffen.

„Du kannst nicht einfach auftauchen, während ich arbeite." Meine Zähne sind zusammengebissen und mein Kiefer ist fest. „Du musst gehen und darfst nicht zurückkommen."

Ist ihm nicht klar, dass er meine Tarnung auffliegen lassen könnte? Er könnte mein Leben in Gefahr bringen, indem er auftaucht und mich als FBI-Agentin enttarnt.

Er hat die Frechheit, an nichts anderes zu denken als an sich selbst! Typisch Aaron.

„Ich soll gehen? Ich bringe dich nach Hause, Madisyn. Du gehörst nicht hierher", sagt er und tritt einen Schritt näher, um in meinen persönlichen

Raum einzudringen. „Komm zurück und arbeite für das FBI. Komm mit mir zurück."

Verdammt.

Weiß er nichts von der verdeckten Operation? Wurde er nicht eingeweiht oder im Dunkeln gelassen?

Ich öffne den Mund, mache ihn aber wieder zu. Wenn er es nicht weiß, dann ist er schon draußen und ich werde nicht meine Karriere oder meine Chance, eines Tages Supervisor zu werden, ruinieren.

„Das kann ich nicht tun, Moore. Das ist mein neuer Job, mein neues Leben." Wenn er nicht weiß, dass ich undercover bin, kann ich es ihm nicht sagen. Ich glaube zwar nicht, dass er etwas mit der russischen Bratva zu tun hat. Ich habe den Befehl, mich bedeckt zu halten, das kann ich aber nicht, wenn das FBI in meinem neuen Job auftaucht. „Du musst gehen."

„Es gibt ein neues Team unter meiner Leitung, aber ich möchte dich mit dabei haben. Es sind ein paar neue Agenten in der Ausbildung. Ich brauche jemanden in meinem Team, dem ich vertrauen kann, jemanden, der mir den Rücken stärkt. Was auch immer zwischen dir und Kingston vorgefallen ist, ich kann ihn übergehen. Ich kann dafür sorgen, dass du wieder im Dienst bist."

Der Supervisory Special Agent Barrett Kingston erteilte mir den Undercover-Auftrag und bereitete mich auf den Einsatz vor. Zwei meiner Kollegen, die unter Moore gearbeitet haben, sind Teil des Auftrags und gehören dem Vernehmen nach nicht mehr zu Moores Team.

Kaum bin ich weg, gibt es schon eine ganze Reihe von Veränderungen. Was ist passiert? Wen hat Aaron verärgert, dass er jetzt Praktikanten hat und sein gesamtes engagiertes Team woanders eingesetzt wird?

Ist es ein politischer Schachzug? Hat Aaron Barrett verärgert, oder einen anderen Chef von ganz oben? Ich bezweifle, dass sie von der Affäre zwischen uns erfahren haben, sonst wäre er seinen Job los.

Es war ein Fehler gewesen, mit meinem Chef zu schlafen. Ich hatte mich von seiner Macht angezogen gefühlt, von seinem Einfluss auf mich, und ich war naiv zu glauben, dass er mich lieben könnte.

„Du musst gehen. Unsere Kunden zahlen einen hohen Preis für ihre Privatsphäre, und sie werden es nicht mögen, wenn das FBI hier herumhängt", sage ich und versuche, ihm klarzumachen, dass er verschwinden und nie wiederkommen soll, ohne es auszusprechen.

„Gut, aber es ist noch nicht vorbei, Madisyn." Aaron geht auf die Tür zu. Er schnappt sich den Griff und reißt sie auf. Er schaut mich nicht einmal an, als er mit hängenden Schultern zum Aufzug schlendert, als wäre er besiegt worden.

Wenn er wüsste, warum ich hier bin, würde er dann immer noch dafür kämpfen, dass ich zum FBI zurückkomme? Oder würde er meine Entscheidung, undercover zu arbeiten, unterstützen?

Das spielt keine Rolle, er ist ein Geist meiner Vergangenheit und ich muss ihn loslassen.

———

Ich ziehe meinen Kittel aus und ziehe wieder mein Outfit von heute Morgen an. Eigentlich sind es meine Klamotten von gestern, aber die einzige

Person, die das zu bemerken schien, war Hannah, und sie denkt, es liegt daran, dass ich Sex hatte.

Nun, das hatte ich nicht. Aber ich werde nicht näher darauf eingehen, was passiert ist, außer dass mein Auto eine Panne hatte.

Das macht sie nur noch misstrauischer.

„Wirst du mir von deiner wilden Nacht erzählen?", fragt Hannah, als wir gemeinsam mit dem Aufzug hinunterfahren, um zu gehen.

„Es war nicht wild. Nur interessant, und nein. Nicht jetzt", sage ich. Das Mädchen hat keinen Sinn für Grenzen.

„Bitte, bitte?", bettelt Hannah. „In meinen wilden Nächten jage ich mein Kleinkind herum und räume hinter Mark her. Ich schwöre, es ist, als wären wir verheiratet und hätten die Hochzeit und die Flitterwochen ausgelassen. Und vom Windelwechseln fange ich erst gar nicht an! Geh nicht mit einem Mann aus, der Angst vor dem Windelwechseln hat."

„Ja, noch ein Grund, keine Kinder zu haben", sage ich. „Ich putze hier schon genug Bettpfannen. Das will ich zu Hause nicht auch noch machen."

Hannah rollt mit den Augen. „Ach, komm schon, es ist nicht alles schlecht. Und das ist nicht ganz dasselbe."

„Ich möchte das Kind nicht aus mir herauspressen!"

Sie gluckst über meine Angst. „Du könntest immer noch adoptieren?"

„Ja, ich habe gehört, dass Welpen wunderbare Küsse geben, und du kannst jemanden dafür bezahlen, dass er hinter deinem Hund her räumt."

„Du könntest ein Kindermädchen einstellen, das hinter dem Baby aufräumt?" Hannah lacht über ihre Bemerkung. „Warum vergleichen wir Babys mit Welpen?"

„Du hast damit angefangen, als du vom Windelwechseln gesprochen hast." Ich rümpfe angewidert die Nase. „Da stimme ich Mark zu. Aber wenn ich so darüber nachdenke: Wenn ich ein Baby aus mir herausdrücke, sollte mein Mann verdammt noch mal jede Windel wechseln!"

„Viel Glück dabei", sagt Hannah. „Lass uns erst mal daran arbeiten, einen sexy Freund für dich zu finden." Sie legt einen Arm um meine Schulter.

„Und wenn du ihn triffst, will ich jedes schmutzige Detail wissen."

Ich trete aus dem Aufzug und das Lächeln verschwindet aus meinem Gesicht.

Aaron Moore steht in der Nähe des Vordereingangs, die Arme vor der Brust verschränkt. In dem Moment, in dem er mich erblickt, stolziert er auf mich zu. Ich möchte weglaufen, aber so viel Glück werde ich nicht haben. Hannah wird hundert neue Fragen haben, wenn sie ihn sieht.

„Madisyn, kann ich mit dir reden?", fragt Aaron.

Hannahs Augen leuchten auf und sie löst ihren Griff um mich. „Oh, ist das dein geheimnisvoller Mann von gestern Abend?"

Ich stoße ihr mit dem Ellenbogen in den Brustkorb. „Okay, ich lasse euch beide allein. Wir sehen uns morgen", sagt sie und winkt mir zu, als sie an Aaron vorbeigeht.

„Ich muss noch ‚wohin", sage ich.

Hannah ist schon zwanzig Schritte vor mir und ich kann sie nicht als Ausrede benutzen, um Aaron stehenzulassen. Ich bleibe stehen und gehe auf

Tuchfühlung mit ihm. „Hör zu, es ist vorbei.. Da ist nichts mehr zwischen uns."

„Das mit uns ist mir egal. Mir aber nicht, Maddy, wir sind doch ein tolles Team."

Ich schwöre, wenn er noch ein Wort sagt, werde ich ihn schlagen. „Du musst jetzt gehen." Ich eile an ihm vorbei um zu verschwinden.

Ich bin erleichtert, als ich Mikhails Auto am Eingang parken sehe. Ich werfe einen Blick in die dunklen Fenster, um sicherzugehen, dass ich nicht die falsche Autotür öffne und mit einem Fremden mitfahre.

Obwohl Mikhail eigentlich ein Fremder ist, ist er auch mein Ziel. Und es ist meine Aufgabe, ihn dazu zu bringen, mir zu vertrauen.

Außerdem steige ich im Moment lieber in Mikhails Auto ein als in Aarons. Nicht, dass ich glaube, dass Aaron mir körperlich etwas antun würde, aber er ist dumm genug, mich umzubringen.

Hoffentlich hat Mikhail Aaron nicht bemerkt, aber wenigstens trug er nicht seine FBI-Kleidung—kein eleganter Anzug, der zu seiner verwegenen Persönlichkeit passt.

Mikhail und ich unterhalten uns über mein beschissenes Auto und darüber, dass ich einen neuen Wagen brauche. Ja, mit welchem Geld? Vielleicht bietet er mir eine Stelle an und lässt mich näher an sich herankommen. Nicht, dass ich mit dem Mann schlafen will. Diesen Fehler habe ich schon einmal mit Moore gemacht.

Mit Moore war ich zwar nicht undercover, aber beide Männer strahlen eine Macht aus, die ich sehr erregend finde.

Ich muss vorsichtig vorgehen.

Als Mikhail vor meinem Haus vorfährt, lächle ich verlegen. Das Mietobjekt ist kaum so groß wie sein Schlafzimmer.

„Danke fürs Mitnehmen", sage ich und ziehe meine Unterlippe zwischen die Zähne. Ich mache einen auf schüchtern, versuche es mit der schüchternen Variante. Wenn ich aufdringlich, anmaßend oder aggressiv wirke, könnte ich ihn leicht vor den Kopf stoßen.

„Es war mir ein Vergnügen, aber darf ich mit hereinkommen? Ich muss mal auf die Toilette", sagt er.

Das ist eine Ausrede. Wir sind keine zehn Minuten von seinem Haus entfernt und ich bezweifle, dass er so dringend pinkeln muss, aber ich nehme den Köder an.

Ich brauche die Chance, mich weiter mit ihm zu unterhalten, ohne dass es so aussieht, als wäre es meine Idee. „Klar", sage ich.

Er stellt den Wagen in meiner Kies Einfahrt ab.

Wir steigen aus, ich ziehe meine Schlüssel aus der Handtasche und gehe die Holztreppe hinauf. Sie ist knarrend und alt. Sie könnte einen neuen Anstrich gebrauchen. Die Veranda ist blau-grau, genau wie die Treppe.

Ich schließe die Haustür auf und halte sie für Mikhail offen. „Vorsicht mit der Sturmtür", sage ich, aber bevor ich meinen Gedanken zu Ende führen kann, lässt er sie los, und sie knallt zu.

Er wirft einen Blick über seine Schulter auf die Tür und murmelt etwas vor sich hin.

„Was ist das?", frage ich, trete weiter hinein und schlüpfe aus meinen Schuhen und meinem Mantel. Ich schalte das Licht im Haus an und ziehe die Vorhänge zu, da es draußen dunkel ist. Es ist nicht sinnvoll, die Nachbarn in mein Haus sehen zu lassen.

Es gibt zwei versteckte Kameras für den Fall, dass etwas passiert, während Mikhail in meinem Haus ist, aber ich vermute nicht, dass er etwas Dummes tun wird. Eine Kamera befindet sich im Wohnzimmer, die andere im Schlafzimmer.

So viel zur Privatsphäre.

„Du musst deine Treppe reparieren und die Tür ausbessern lassen", sagt er. Er schaut sich im Haus um und nimmt alles in Augenschein.

„Ich habe dem Vermieter eine Nachricht hinterlassen, aber ich warte immer noch auf eine Antwort." Ich schließe die Holztür hinter ihm und verriegele das Schloss.

„Typisch."

„Zum Bad geht es da lang", sage ich und führe ihn den Flur entlang. Ich öffne die Badezimmertür und knipse das Licht an.

„Danke", sagt er.

Er tritt ein und schließt die Tür. Ich höre das Klicken des Riegels und schlendere in die Küche, um zu überlegen, was ich zum Abendessen kochen soll.

Soll ich ihn einladen, zum Essen zu bleiben? Er hat sich die Mühe gemacht, mich mitzunehmen und mich bei sich wohnen zu lassen. Es ist seltsam zu denken, dass er der große Bösewicht ist, für den ihn das FBI hält.

Könnten sie sich irren?

Das bezweifle ich.

Wahrscheinlich ist er furchterregend und ein Mörder, aber er hat mich diese Seite von sich noch nicht sehen lassen. Ich öffne die Speisekammer und schiebe den gestohlenen USB-Stick in eine Müslischachtel, um ihn außer Sichtweite zu bringen. Ich bin immer noch froh, dass ich ihn unbemerkt aus seinem Haus geschafft habe.

Ich nehme einen Topf und eine Pfanne aus dem unteren Schrank. Ich habe gelernt, wo sich alles befindet, damit es nicht verdächtig wirkt. Das Letzte, was ich will, ist, dass es so aussieht, als würde ich mich in meinem eigenen Haus nicht auskennen.

Ich setze einen Topf mit Wasser auf, um Nudeln zu kochen, und hole einige Zutaten aus dem Kühlschrank, um eine Soße für die Nudeln zu machen.

Die Badezimmertür klappert, und ich höre schwere Schritte auf dem Boden. Er ist nicht im Geringsten leise, als er sich nähert.

Ich gebe etwas Olivenöl in den Topf und warte darauf, dass es heiß wird, während ich etwas frischen Knoblauch hinzufüge. „Willst du zum Essen bleiben?", frage ich und werfe ihm einen Blick über meine Schulter zu. Ich greife nach dem Holzlöffel und rühre den Knoblauch um, damit er auf dem Herd nicht anbrennt.

Seine Augen sind schmal und fest auf mich fixiert. Ich kann nicht sagen, ob das gut oder schlecht ist. „Wer hat keine Rezepte in seinem Medizinschrank?"

Ich drehe mich um, um ihn anzusehen. Er ist nur wenige Zentimeter von mir entfernt, überragt mich und verlangt Antworten.

Ich zeige mit dem Holzlöffel in meiner Hand auf ihn. „Warum schnüffelst du herum?", beschuldige ich ihn und drehe den Spieß um. Die meisten Leute, die in einem Medizinschrank schnüffeln, fangen nicht an, Fragen zu stellen, wenn sie aus dem Badezimmer kommen.

Er schnappt mir den Löffel weg, als würde ich ihn als Waffe benutzen, und legt ihn auf die Arbeitsplatte, außerhalb meiner unmittelbaren Reichweite.

„Ich möchte wissen, mit wem ich es zu tun habe", sagt Mikhail. Er starrt mich mit seinem Blick an.

Ich stelle mich auf die Zehenspitzen, packe ihn an seiner Krawatte, ziehe ihn zu Boden und presse meine Lippen auf seine, um ihn zum Schweigen zu bringen. Wenn wir uns küssen, kann er keine Fragen mehr stellen.

„Was machst du da?", knurrt er, zieht sich zurück und beendet den Kuss.

Meine Lippen kribbeln, als ich in seinen finsteren Blick starre. „Du willst wissen, mit wem du es zu tun hast? Dann lerne jeden Zentimeter von mir kennen", sage ich und fordere ihn auf, weiterzumachen, seine Frage für einen Moment zu vergessen und sich auf mich zu konzentrieren.

Ich ziehe mich leicht zurück, immer noch in seiner Reichweite, während ich mein Hemd über meinen Kopf ziehe und es auf den Boden fallen lasse.

Ich schwöre, dass ich ein weiteres Knurren höre, diesmal ein viel kehligeres. Seine Augen sind schwarz, seine Iris ist kaum von seinen Pupillen zu unterscheiden.

Er kommt näher heran, seine kalten Hände streicheln meine nackte Haut, und ich erschaudere. Ich muss nicht vortäuschen, dass ich mich zu ihm hingezogen fühle. Da ist Leidenschaft und Kraft, eine Lust, die mich durchzuckt.

Der einzige Raum, in dem es keine Kamera gibt, ist die Küche. Ich schalte beide Brenner auf dem Herd aus, um das Haus nicht in Flammen aufgehen zu lassen.

Seine Lippen liegen auf meinen und wandern zu meinem Hals, saugen und knabbern, schmecken meine Haut. Ich schiebe meine Hose über die Hüften und lasse sie auf den Boden fallen, wo ich sie mit den Zehen ausziehe und weglege.

Es ist ja nicht so, dass er mich noch nie nackt gesehen hat, aber das hier ist anders. Das fühlt sich anders an. Das letzte Mal, als ich nicht das Sagen hatte, hatte ich kein Mitspracherecht, wenn ich mich vor ihm ausziehen sollte.

Er löst seine Krawatte und wirft sie zu meiner Kleidung auf den Boden. Er streift seinen Anzug ab und öffnet die Knöpfe seines Hemdes, als ich ihm das Hemd aus der Hose ziehe und mit meinen Händen seine Brust und seine Haut berühre.

Er ist warm, und seine Muskeln spannen sich unter meiner Berührung an.

„Ich werde dich vernaschen", flüstert Mikhail in meinen Nacken.

Ein Schauer durchfährt meinen Körper und ich stoße einen schweren Atemzug aus und versuche, nicht zusammenzubrechen.

„Kondom?", frage ich. Meine sind im Bad und in meinem Schlafzimmer. In meiner Küche lasse ich keine herumliegen. Mein Fehler.

Er holt eines aus seiner Brieftasche, während ich seine Hose aufschnalle und den Reißverschluss öffne. Ich lasse den Stoff über seine Hüften gleiten und er hat nur noch seine Unterwäsche an. Er legt das Kondom auf den Tresen, aber er packt das Folienpaket noch nicht aus.

Mikhail öffnet meinen BH und nimmt meine Brust in den Mund. Er saugt und leckt an der Spitze, während seine Finger mich an meinem Slip reizen.

„Du bist schon ganz geil auf mich", murmelt er, zufrieden mit seiner Leistung. Er packt meine Hüften und dreht mich um, sodass ich mich nach vorne gegen den Küchentisch beuge.

Mikhail schiebt mein Höschen zur Seite und streicht mit einem Finger über meinen Schlitz. „Das ist mein Mädchen, schön feucht für mich."

Ich atme scharf ein. „Kondom", sage ich.

„Noch nicht." Er gibt mir einen Klaps auf den Hintern und ich zucke zusammen, bevor meine Finger zu Fäusten geballt werden.

„Hat dir das gefallen?", fragt er.

Ich habe Angst zuzugeben, dass es mir gefallen hat.

„Antworte mir", flüstert er mir ins Ohr, und ein weiterer Schauer durchfährt meinen Körper. Als ich ihm nicht schnell genug antworte, streicht er wieder mit seiner Hand über meinen Po.

„Ja", keuche ich.

„Ich kann sehen, dass du so verdammt feucht für mich bist", sagt er und lässt seine Finger meine Falten erkunden. Er berührt mich, bringt mich näher, aber nicht ganz über den Rand hinaus.

Er hält lange genug inne, um die Kondompackung aufzureißen und sie über seinen Schwanz zu ziehen, bevor er in mich eindringt. Mikhail drückt meine Brust gegen den Tisch, drückt mich zurück und hält mich so, wie er es will.

Ich gehöre ihm und er kann mit mir machen, was er will.

Er stößt in mich hinein.

Er ist nicht im Geringsten langsam oder sanft.

Es geht um sein Vergnügen, und das macht mir nichts aus, denn es fühlt sich gut an.

Ich stöhne und klammere mich an ihn, während er in meinen engen, pochenden Kern stößt. Ich bin nah dran, aber noch nicht ganz da.

Ich greife nach meinem Kitzler und will mit ihm abspritzen, als er meine Handgelenke packt und mich gegen den Holztisch drückt. „Habe ich dir gesagt, dass du das darfst?"

Er ist rau und eindringlich und sein Befehl lässt mein Inneres erbeben.

„Nein", flüstere ich und werde von seiner Autorität noch mehr erregt.

„Du fasst dich nicht an, wenn ich dich ficke."

Ich wimmere, aber das liegt eher daran, dass ich verzweifelt und bedürftig bin und so verdammt nah dran, dass er mir das Einzige vorenthält, was ich jetzt will: einen Orgasmus.

Ich sollte das nicht mit ihm machen. Es gibt andere Wege, einem Verdächtigen näher zu kommen, als ihn zu ficken, aber es ist ein wenig zu spät, um einen Rückzieher zu machen, und außerdem will ich das hier.

Es fühlt sich gut an. Er fühlt sich verdammt gut an.

„Wirst du mich kommen lassen?", frage ich ihn.

Er löst seinen Griff von meinen Händen und greift zwischen meine Beine. Ich atme scharf ein, die Vorfreude ist überwältigend. Er kneift mir in die Klitoris und ich atme scharf aus, als er sie streichelt.

„Komm nicht!", befiehlt er.

Mein Inneres bebt, und ich schwanke am Rande des Abgrunds. Meine Zehen krümmen sich, ich keuche und krampfe, und er zieht sich zurück und beraubt mich der letzten Erlösung.

„Scheiße!" Ich fluche wütend darüber, dass er mich so nah an den Rand des Abgrunds gebracht und dann einen Rückzieher gemacht hat.

Er kichert, lacht und ist stolz auf sich. Mikhail hebt mich auf die Beine und dreht mich zu sich um. „Du gehörst mir", sagt er, packt mich am Kiefer und seine Zunge fährt über meine Unterlippe. „Ich werde der Einzige sein, der dir ein gesteigertes Vergnügen bereitet."

Ich wimmere aus Protest. Meine Knie sind wie Wackelpudding und er stützt mich, damit ich mich auf die Tischkante setzen kann. „Spreize deine Beine", befiehlt er.

Ich tue, was er sagt, und er gleitet zwischen meine Schenkel, sein Schwanz ist hart und dick, als er mit einer schnellen Bewegung in mich eindringt.

Meine Finger umklammern seine Schulter, und ich lehne mich zurück und beuge meine Beine, während er in mich stößt. Das Gefühl steigert sich und das Pochen wird mit jedem Stoß intensiver.

Ich schließe meine Augen und meine Fingernägel fahren über seinen Rücken und hinunter zu seinem Hintern, um ihn näher, tiefer und fester zu ziehen. Ich will jeden Zentimeter von ihm.

„Ich will kommen", flüstere ich und bete, dass er mich hört und bereit ist, mir zu gehorchen.

Mein Rücken wölbt sich und meine Zehen krümmen sich, als ich kurz vor dem Abgrund stehe. Ich bin noch nicht bereit, dass er sich zurückzieht und mich zitternd zurücklässt und mehr will.

Ich drücke fest zu, halte ihn fest in mir und drücke ihn an meinen Körper, während die erste Welle naht.

„Ich will spüren, wie du auf meinem Schwanz kommst", knurrt er in mein Ohr.

Seine Bewegungen werden schneller und er dringt tiefer in meine Wärme ein, dehnt und füllt mich aus.

Ein Feuerwerk explodiert in der Dunkelheit, während ich erzittere. Ich drücke ihn noch fester an mich und ziehe ihn enger an meinen Körper.

„Mikhail", hauche ich in sein Ohr, meine Zähne zerren an seinem Ohrläppchen und ich will, dass er sich mir anschließt.

Und das tut er auch.

Er stöhnt und sein Atem wird schneller, er schnappt nach Luft, als er sich in mir ergießt.

Er zieht sich zurück, zieht das Kondom ab und entsorgt es im Mülleimer. Ich klettere von der Theke und greife nach meinen Klamotten auf dem Boden.

„Lass sie liegen", befiehlt er.

„Du willst, dass ich nackt bin?"

„Du kannst eine Schürze anziehen, aber sonst nichts."

Ich gluckse leise vor mich hin. „Ich habe keine Schürze", sage ich. Ich halte ihm die Hand hin, während er seine Kleidung zusammensucht. „Wie wäre es, wenn ich dein Hemd anziehe, während ich uns das Abendessen koche?"

Er reicht mir sein weißes Hemd. Es war glatt und sauber. Jetzt ist es zerknittert, aber es hat noch alle Knöpfe. Ich ziehe es an und er zieht mich zu sich heran und legt seine Hände um meine Hüften. „Lass es aufgeknöpft", sagt er. „Du siehst sexy aus, wenn du nur mein Hemd trägst."

Ich bin mir sicher, dass ich bei seiner Bemerkung rot werde. Ich drehe mich zum Herd, schalte das Wasser für die Nudeln wieder ein und fange mit der Soße von vorne an.

Mikhail zieht seine Boxershorts an, holt sein Handy heraus und wirft einen Blick auf das Gerät. Er stößt ein leises Schnaufen aus.

„Stimmt etwas nicht?", frage ich.

„Nur Arbeit", murmelt er und fährt sich mit der Hand durch die Haare.

Er ist schroff und rau. Die Tattoos auf seinen Armen sind nicht die einzigen Spuren auf seiner Haut. Auf seiner Brust und seinem Rücken befinden sich Narben. Einige davon erkenne ich als Schusswunden, bei den anderen handelt es sich vermutlich um Stichwunden.

„Die gleiche Arbeit, bei der du diese Narben bekommen hast?" frage ich und deute auf seine Brust. „Ist das, was du tust, gefährlich?" Natürlich ist das, was er tut, gefährlich. Es ist auch höchst illegal. Ich erwarte nicht, dass er alle seine Geheimnisse ausplaudert, aber es wäre nicht normal, wenn ich nicht fragen würde.

Jede vernünftige Frau, die mit einem Mann schläft, der ein Dutzend Narben hat, muss etwas fragen.

Seine Antwort ist schroff und kurz. „Die habe ich im Krieg bekommen", sagt Mikhail.

„Oh." Ich atme leise aus. „Ich wusste nicht, dass du beim Militär warst."

Er antwortet mir nicht und ich beschließe, dass ich mit den Fragen fertig bin, zumindest für den Moment. Ich muss Informationen aus ihm herausbekommen, aber er scheint nicht darüber reden zu wollen.

„Ich muss diesen Anruf entgegennehmen. Macht es dir etwas aus, wenn ich in ein anderes Zimmer gehe?"

„Kein Problem, du kannst mein Schlafzimmer benutzen, wenn du etwas Privatsphäre willst", sage ich.

„Danke."

Es ist nicht schwer für ihn, herauszufinden, welches Zimmer mein Schlafzimmer ist. Es handelt sich um einen Bungalow mit einem Schlafzimmer. Es ist niedlich und gemütlich, aber nicht praktisch für eine Familie. Es ist perfekt für meineTarngeschichte und mich.

Mikhail verlässt die Küche und geht den Flur entlang. Ich kann ihn kurz hören, bis er die Schlafzimmertür schließt.

Ich höre zwar kein Wort von dem, was besprochen wird, aber mein Team wird sein gesamtes Gespräch aufzeichnen und auf dem Cloud-Server für sie zugänglich machen.

Ich hoffe um meinetwillen, dass er nicht vor einem seiner Männer damit prahlt, dass er gerade Sex hatte.

Es klopft scharf an der Haustür. Ich drehe das Wasser auf dem Herd herunter. Es ist noch nicht ganz kochend und ich will nicht, dass es überkocht, während ich nicht in der Küche bin.

Keiner weiß, dass ich hier wohne. Wer auch immer an der Tür steht, kann nicht für mich sein. Es ist wahrscheinlich ein Kind, das Kekse verkauft oder ein Nachbar, der sich vorstellt.

Ich werfe einen Blick durch das Guckloch und stöhne auf.

Aaron Moore steht auf der gegenüberliegenden Seite der Tür.

Ich schiebe die Tür einen Spalt weit auf. „Das ist kein guter Zeitpunkt", sage ich.

„Hattest du vor, mir zu sagen, dass du umgezogen bist?"

Ich schnaufe leise und überlege, ob ich auf die Veranda schlüpfen soll, als mir einfällt, dass ich nur Mikhails Hemd anhabe. Ich halte es mit der Hand zu, damit Aaron es nicht zu Gesicht bekommt.

„Du bist mir nach Hause gefolgt."

Ich bin ziemlich überrascht, dass Mikhail seine Verfolgung nicht bemerkt hat, aber Aaron ist unglaublich gut darin, nicht gesehen zu werden. Wenn er gesehen hat, dass wir in die Einfahrt gefahren sind, dann hat er auch gesehen, dass ich Besuch habe.

„Ich wusste nicht, dass du jemanden triffst", sagt Aaron. „Du hättest es mir einfach sagen können. Dann hätte ich mich zurückgehalten."

Ich glaube ihm nicht. „Wirklich? Du bist hier und belästigst mich schon wieder. Es ist schon schlimm genug, dass du zu meiner Arbeit gekommen bist, aber jetzt tauchst du auch noch in meinem Haus auf!"

Mikhail räuspert sich hinter mir und ich zucke zusammen. Ich habe nicht gehört, wie er aus dem Schlafzimmer kam oder hinter mir an der Haustür auftauchte.

Wie viel von dem Gespräch hat er wohl mitbekommen?

Mikhail packt mich am Arm und zieht mich zurück, weg von der Tür. „Du hast Madisyn gehört. Verschwinde von ihrem Grundstück, oder ich werde dich gewaltsam entfernen", sagt Mikhail. Sein russischer Akzent ist stark, und seine Worte sind schroff.

Ich schlucke den Kloß in meinem Hals hinunter. Erkennt Aaron Mikhail wieder?

Aaron hat bisher noch nicht mit der Abteilung für grenzüberschreitende organisierte Kriminalität zusammengearbeitet. Seine Abtelung ist auf

Wirtschaftskriminalität spezialisiert und bearbeitet eine Vielzahl von Betrugsfällen und Ermittlungen.

Mikhail zieht die Tür zu und schließt sie ab. Er verschränkt die Arme vor der Brust. Er trägt zwar seine Boxershorts, aber sonst hat er nichts an und er ist umwerfend.

„Belästigt dich dein Ex-Freund oft?" fragt Mikhail.

Ich öffne den Mund, um zu sagen, dass er nicht mein Ex-Freund ist und es viel komplizierter ist. Ich möchteMikhail nicht mehr Informationen geben, als er wissen muss. Wenn Mikhail herausfindet, dass Aaron beim FBI ist, will ich nicht, dass er erfährt, dass ich auch beim FBI bin.

„Er ist heute auf der Arbeit aufgetaucht", sage ich und wähle meine Worte mit Bedacht. „Ich habe ihm gesagt, er soll mich in Ruhe lassen."

„Er weiß offensichtlich nicht, wie man zuhört, *Kisa*", sagt Mikhail und stößt einen Seufzer aus. „Ich werde dafür sorgen, dass er dich nie wieder belästigen wird."

SECHS

Mikhail

„Ich hätte nicht gedacht, dass du heute Abend nach Hause kommst", sagt Nikita. Ein breites Grinsen ziert sein Gesicht.

Ich werfe einen Blick auf meine Uhr, während ich meinen Mantel ablege.

Verdammt!

Ich habe den USB-Stick in meiner Tasche vergessen. Ich krame mit den Fingern in meinem Wollmantel, aber er ist nicht da.

Er liegt auch nicht auf dem Boden im Foyer. Ist er herausgefallen, als ich bei Madisyn war? Wenn ich

Glück habe, ist er in einem der Fahrzeuge, die wir benutzen.

Ich fahre mir mit einer Hand durch die Haare. Ich bin erschöpft. Es ist schon weit nach Mitternacht. Auf keinen Fall wollte ich die Nacht bei ihr verbringen. Sie ist zwar süß und temperamentvoll, aber ich würde nie schlafen und ich habe am frühen Morgen ein Meeting. Außerdem kann ich nicht in einem fremden Bett schlafen.

Ich bin immer auf der Hut und in höchster Alarmbereitschaft, wenn meine Männer nicht in der Nähe sind.

Zu viel Adrenalin fließt durch meine Adern, und dass ich den USB-Stick verlegt habe, macht die Sache nicht besser.

Ich habe Luka geschickt, um in seinem Auto vor ihrem Haus zu bleiben. Ich muss dafür sorgen, dass sie in Sicherheit ist und dieses Arschloch von Ex-Freund nicht zurückkommt, um sie zu belästigen.

Ich möchte dieses selbst gefällige Grinsen sofort wegwischen. Er weiß nichts. Das sind alles nur Vermutungen, auch wenn ich mit ihr geschlafen habe, geht ihn das verdammt noch mal nichts an.

„Ich will alles über Madisyns Ex-Freund Aaron wissen."

„Hast du einen Nachnamen?", fragt Nikita.

„Versuch es in den sozialen Medien." Ein Knurren entwischt aus meiner Kehle. „Ich habe seinen Nachnamen nicht erfahren, als ich ihn von ihrem Grundstück vertrieben habe. Er ist bei ihrer Arbeit aufgetaucht und hat sie belästigt. Ich will, dass einer unserer Männer sie permanent im Auge behält."

„Du willst ihr einen Leibwächter geben?"

„Luka ist für heute Nacht mein Auge", sage ich und versuche, ein Gähnen zu unterdrücken. „Aber ja, bis die Bedrohung für sie neutralisiert ist, bekommt sie einen Leibwächter."

Nikita öffnet seinen Mund und schließt ihn wieder.

Ein finsterer Blick huscht über mein Gesicht. Ich mag es nicht, wenn meine Männer etwas zu sagen haben, es aber nicht tun. „Was ist los?" Ich bin nicht in der Stimmung, dass er meine Entscheidungen infrage stellt.

„Meinst du nicht, dass es eine Verschwendung von Arbeitskräften ist, einen unserer Männer auf sie anzusetzen?" ‚fragt Nikita.

„Ich denke, du solltest mir das Kommando überlassen und dich darauf konzentrieren, alles über ihren Ex-Freund herauszufinden."

„Ja, Chef", sagt Nikita.

„Und sag mir Bescheid, wenn du den silbernen USB-Stick mit dem roten X auf der Unterseite findest. Zuletzt habe ich ihn in meine Manteltasche gesteckt."

Nikita weiß, was sich auf dem Laufwerk befindet. Er gehörte zu dem Team, das mir geholfen hat, das Gerät zu bergen und dem Mistkerl, der mich verraten hat, eine Kugel in den Kopf zu jagen: Leo Aminoff.

Leo stahl wertvolle Informationen über unsere Unterschlüpfe und unsere Wachschichten. Er war dumm genug, eine Anzeige im Dark Web zu schalten und zu versuchen, die Informationen an den Höchstbietenden zu verkaufen.

Dmitri bemerkte die Anzeige und wir starteten unsere kleine verdeckte Operation, um die Festplatte zu beschaffen und Leos Beteiligung am Verkauf unserer Geheimnisse zu beenden.

Wenigstens sind die Informationen verschlüsselt, aber es ist immer noch beunruhigend, dass sie da draußen sind und in die falschen Hände geraten können.

„Natürlich, Sir." Er geht den Flur in die entgegengesetzte Richtung hinunter, während ich die Treppe hinauf zu meinem Zimmer gehe. Es ist schon spät und da ich weiß, dass Madisyn sicher zu Hause ist, kann ich meine Augen schließen und ein paar Stunden schlafen.

―――――

Mein Telefon rüttelt mich wach. „Hallo?" Ich reibe mir den Schlaf aus den Augen und versuche, mich auf den Anrufer zu konzentrieren. Ich habe nicht auf die Anrufer-ID geschaut, als ich den Hörer abnahm.

„Chef, du hast mich gebeten, sie zur Arbeit zu bringen. Das habe ich getan, aber keine fünf Minuten später ist sie einfach aus der Haustür geflüchtet."

Mein Gehirn ist wie benebelt. „Luka?", frage ich.

Wer sonst würde über ein Mädchen reden? Ich habe ihn gestern Abend geschickt, um auf Madisyn aufzupassen.

Das Morgenlicht dringt durch einen Spalt in den Vorhängen. Ich setze mich im Bett auf, die Laken fallen um meine Taille und ich versuche, mich ein wenig mehr auf den Anruf zu konzentrieren.

„Ja, soll ich ihr folgen oder sie einfach in Ruhe lassen? Ich habe sie an ihrem Arbeitsplatz abgesetzt, aber sie ist nicht im Gebäude."

Mein Blick verkrampft sich. Wo zum Teufel will sie denn hin?

„Folge ihr, aber sei diskret", sage ich. „Sie soll nicht wissen, dass sie beobachtet wird."

Ich beende den Anruf und falle zurück ins Bett. Als ich an die Decke starre, ist die Sonne immer noch viel zu hell. Ich schirme mein Gesicht mit meinem Arm ab.

Wo zum Teufel geht meine *Kisa* hin?

In welche Schwierigkeiten hat sie sich gebracht?

Es klopft heftig an meine Zimmertür.

„Was?", schreie ich in die Leere. Ich will allein sein und schlafen. Aber es sieht nicht so aus, als würde das heute Morgen passieren.

„Soll ich später wiederkommen?", fragt Nikita durch die geschlossene Schlafzimmertür.

Ich grummele leise vor mich hin und gebe nach. „Komm rein", sage ich.

Nikita dreht den Griff an meiner Schlafzimmertür und tritt ein. Er schließt die Tür hinter sich. Er wirft mir einen Blick zu und achtet darauf, nicht zu bemerken, dass ich um diese Zeit noch im Bett liege. Es ist noch nicht so spät, kurz nach sieben Uhr morgens, aber normalerweise bin ich wach, treffe geschäftliche Entscheidungen und arbeite.

„Ich habe die von dir angeforderten Informationen über Madisyns Ex-Freund überprüft."

„Und?", frage ich und warte auf seine Antwort.

Er hält mich hin und es ist ihm unangenehm, mir alle Details mitzuteilen, die er herausgefunden hat.

„Raus mit der Sprache!" Ich mag es nicht, wenn man mich warten lässt.

„Sein Name ist Aaron Moore. Er ist Bundesbeamter und arbeitet für das FBI", sagt Nikita.

Ich atme schwer aus und setze mich im Bett auf. „Ist das so?" ,sage ich. „Und Madisyn Taylor? Woher kennen sie sich?"

„Abgesehen vom Ficken?" Nikita zuckt mit den Schultern. „Das kann ich nicht sagen. Es gibt keine Beweise für eine Beziehung zwischen den beiden. Das macht es noch rätselhafter, Sir."

„Warum ist das so?", frage ich. Ich erhebe mich aus dem Bett, um zu der Kommode zu gehen. Ich muss duschen und mich anziehen, um für den Tag gerüstet zu sein. Was auch immer er bringt.

„Nun, wenn du eine Beziehung mit einer Person hast, gibt es normalerweise Quittungen, Textnachrichten, Fotos und Beweise in den sozialen Medien", sagt Nikita. „Aber bei einer Affäre mit einer verheirateten Person wird all das normalerweise versteckt."

„Und ist einer von ihnen verheiratet?", frage ich. Er sollte die Antwort wissen, da ich ihn gebeten habe, nachzuforschen.

„Nein, es gibt keine Hinweise darauf, dass Madisyn oder Aaron jemals mit jemand anderem verheiratet waren, oder gar miteinander."

Ich schnappe mir meine Klamotten von der Kommode und schreite ins Bad, wo ich mich umdrehe und Nikita anschaue. Er kommt hier nicht rein und ich bin fertig mit der Diskussion. „Nun, wo haben sie sich getroffen. Finde es heraus!"

Ich schließe die Badezimmertür, entledige mich meiner Kleidung und stelle die Dusche an. Ich muss mich von den Gedanken frei spülen, die Nikita mir in den Kopf gesetzt hat.

Aaron Moore ist ein Bundesagent. Er hat nicht angedeutet, dass er mich gestern Abend erkannt hat, aber das bedeutet nichts. Er könnte gut in seinem Job sein und seine Überraschung verbergen, besonders wenn er nicht überrascht war.

Könnte Madisyn ein Spitzel gewesen sein? Ist es möglich, dass sie ein paar schlechte Entscheidungen getroffen hat und das FBI etwas gegen sie in der Hand hat? Benutzen sie sie, um an mich heranzukommen?

Könnte sie sich die Festplatte geschnappt haben, während ich ihr meinen Mantel geliehen habe?

Nein, das ist nicht möglich. Ich habe sie gründlich durchsucht.

Ich trete unter die dampfende, heiße Dusche und lasse die letzten beunruhigenden Gedanken in den Abfluss fließen.

Kein FBI-Agent wäre so dumm, in ihrem Haus aufzutauchen, während ich dort bin.

Das ist ein Zufall, der mir ein mulmiges Gefühl in den Magen treibt. Es gefällt mir nicht, dass sie es mit einem Mann des Gesetzes treibt, und schlimmer noch, er ist ihr Ex und scheint keinen Wink zu befolgen, sie in Ruhe zu lassen. Sie schienen sich nicht zu mögen.

Ich schlage meine Faust gegen die Duschwand. Meine Knöchel brennen von dem Schmerz. Am liebsten würde ich laut schreien, aber das würde nur meine Männer beunruhigen und ich will nicht, dass sie ins Bad rennen und denken, dass in unser Lager eingebrochen wurde.

Nach der Dusche ziehe ich mich an und greife nach meinem Handy. Es gibt keine verpassten Anrufe oder SMS von Luka. Dabei ist es noch gar nicht so lange her, dass ich ihn geschickt habe, um auf Madisyn aufzupassen.

Was hat sie vor?

Trifft sie sich mit ihrem Ex? Könnte sie mich betrogen haben?

Ich eile die Treppe hinunter und stürze in die Küche, um mir eine Tasse Kaffee zu holen.

Dmitri schenkt sich gerade eine Tasse ein, als ich die Küche betrete. Er nimmt eine zweite Tasse von der Theke und ahnt, warum ich hier bin.

„Gibt es etwas Neues über das Kartell?", frage ich ihn. Ich habe ihm den Auftrag gegeben, Carlos Sanchez hinzurichten.

Dmitri hat das Projekt übernommen, und ich muss auf dem Laufenden gehalten werden, vor allem, wenn es darum geht, gegen sie in den Krieg zu ziehen. Obwohl ich gestern Abend nicht verfügbar war, bin ich jetzt hier.

„Abgesehen davon, dass Carlos mit Waffen und Drogen handelt?" Dmitri schenkt mir eine Tasse ein und reicht sie mir, bevor er einen Schluck aus seinem dampfenden Becher nimmt.

„Gibt es etwas Neues?", frage ich. Das ist es, was ich wissen will, nicht die Scheiße, in die Carlos verwickelt ist.

„Ich habe Männer, die ihre Rotation beobachten und sich Notizen über ihre Versorgungsfahrten machen. Wir wissen von einem Mitarbeiter, dem sie versucht haben, das Geschäft zu stehlen."

„Ein Lieferant", sage ich und streiche mir über den Bart. Das ist keine neue Information. „Was hast du noch?" Ich brauche mehr als nur ein paar Kleinigkeiten. Ich habe Dmitri nicht den Posten des Unterbosses angeboten, damit er den ganzen Tag auf seinem Hintern sitzen kann.

„Ich habe Männer, die Carlos´ Top-Level-Beamte beobachten. Sie machen keinen Schritt, ohne dass wir es sehen."

„Ich bezahle dich nicht nur für die Überwachung des Kartells." Ich knalle meine Kaffeetasse auf den Tresen. Der heiße Inhalt spritzt auf meine Hand, aber ich ignoriere den brennenden Schmerz.

Dmitri macht einen zaghaften Schritt zurück. Seine Augen sind groß, und er richtet sich auf. „Ich versichere dir, dass wir alles tun, um Carlos Sanchez aufzuspüren. Er ist untergetaucht."

Meine Nasenflügel blähen sich auf, als ich einen schweren Atemzug durch die Nase mache . „Jemand muss ihn informiert haben, dass meine Männer kommen, um ihn hinzurichten."

Es kann kein Zufall sein, dass Carlos nicht mehr in Sicht ist. Er hat sich wahrscheinlich in einem sicheren Haus versteckt. Ich bezweifle, dass er in Schutzhaft ist. Er ist kein Mann, der einen Deal macht.

Das haben wir gemeinsam.

„Ich kann dir versichern, dass es keiner von deinen Männern war", sagt Dmitri.

Ich greife nach meinem Kaffee und nehme einen Schluck. Das Porzellan ist heiß und noch leicht feucht von dem verschütteten Getränk. „Wie kannst du dir da sicher sein?"

Mein Handy surrt in meiner Tasche. „Wir sind mit diesem Gespräch noch nicht fertig", sage ich und greife nach meinem Handy. „Mikhail", antworte ich.

Ich nehme das Telefon und meine Tasse Kaffee mit aus der Küche und gehe in mein Büro.

„Ich habe ein Auge auf dein Mädchen geworfen, aber sie hat mich entdeckt", sagt Luka.

Ich atme einen schweren Seufzer aus und stelle meine Tasse auf den Schreibtisch. „Wie schlimm ist es?" ‚frage ich.

„Sie will mit dir reden."

SIEBEN

Madisyn

Früher am Morgen...

Ich traue mich nicht zuzugeben, dass ich die letzte Nacht mit Mikhail genossen habe, aber was passiert ist, war rein professionell. Ich musste mit ihm schlafen, um an ihn heranzukommen, um sein Vertrauen zu gewinnen.

Aber wenn ich nur an ihn denke, wird mir ganz warm ums Herz.

Nein.

Er ist ein Monster. Ich kann ihn nicht in meinen Kopf lassen.

Ich dusche, ziehe mich an und gehe nach draußen, um die Zeitung in der Einfahrt zu holen, als ich einen dunklen viertürigen Wagen vor dem Haus parken sehe.

Der Herr hinter dem Steuer kommt mir bekannt vor. Es ist derselbe Mann, der den Geländewagen gefahren hat, in dem Mikhail in jener regnerischen Nacht Beifahrer war.

„Luka", flüstere ich und erinnere mich an seinen Namen.

Ich schleiche mich an sein Auto heran. Er ist kein bisschen unauffällig. Ich lehne mich nach vorne zum Beifahrerfenster, und er kurbelt es herunter.

„Was machst du da?" ,frage ich.

„Soll ich dich mitnehmen?" Luka schenkt mir ein warmes, freundliches Lächeln. Das passt nicht zu seiner Persönlichkeit. Er lügt. Ich durchschaue die Scharade; man muss kein FBI-Agent sein, um zu merken, dass seine Antwort Blödsinn ist.

Ich glaube ihm nicht. „Wie lange bist du schon draußen?"

„Lange genug, um sicherzugehen, dass dein Ex-Freund dir nicht noch einmal einen Besuch abstattet."

Ich kneife mir in den Nasenrücken. „Ist es das, worum es hier geht? Mikhail ist eifersüchtig?"

„Nein, Mikhail will sichergehen, dass du in Sicherheit bist. Er traut ihm nicht", sagt Luka. Er ist aufrichtiger, als ich gedacht hatte. „Es hat ihm nicht gefallen, dass Aaron bei dir aufgetaucht ist, nachdem du dem Herrn ausdrücklich gesagt hast, dass er dich in Ruhe lassen soll.

„Mikhail hat dir das alles erzählt?"

Luka nickt schwach. „Ich passe nur auf dich auf. Ich kann dich heute früh zur Arbeit mitnehmen."

Ich werfe einen Blick zurück auf mein Haus. „Ja, gib mir zehn Minuten."

———

Luka setzt mich an der Arbeit ab und ich gehe ins Gebäude, um die Toilette im Hauptgeschoss zu benutzen, bevor ich durch die Doppeltür zurück zum Coffee- Shop gehe.

Ich gehe nicht nur wegen des Kaffees dorthin. Es ist einer der Treffpunkte, um Informationen mit meiner Kontaktperson, Special Agentin Savannah Blakely, auszutauschen.

Ich ziehe meinen Mantel fest zu und eile die Straße hinunter. Je schneller ich drinnen bin, desto wärmer wird mir sein. Ich betrete das Café und gehe an Agenint Blakely vorbei. Ich laufe den Gang entlang und gehe zur Rückseite des Gebäudes. Ich schleiche mich in den Vorratsraum durch eine versteckte Tür, die mich in einen anderen, unsichtbaren Teil des Gebäudes führt.

Zwei Minuten später stößt Agentin Blakely zu mir.

„Ich war mir nicht sicher, ob du kommen würdest", sagt Savannah. Ihr langes blondes Haar ist makellos, trotz Wind und Kälte. Kein Wunder, sie sieht aus wie ein Model. Sie hätte leicht undercover gehen können, um Mikhails Aufmerksamkeit zu erregen.

„Nun, hier bin ich. Ich habe gestern Abend Kontakt zu Mikhail Barinov aufgenommen. Er war bei mir zu Hause", sage ich und verzichte auf die Details über uns in der Küche. „Er hat ein privates Gespräch geführt, während er in meinem Schlafzimmer war.

Du solltest vielleicht die Überwachung einschalten, um herauszufinden, wen er kontaktiert hat."

„Schon dabei."

„Und was zum Teufel ist mit Aaron los?", frage ich.

„Was meinst du?" Savannah ist eine der wenigen Menschen, die wissen, dass Aaron und ich miteinander geschlafen haben. Ich will nicht, dass es allgemein bekannt wird, aber sie hat mich gewarnt, dass es meine Karriere ruinieren könnte.

„Er ist gestern zweimal aufgetaucht, einmal bei meiner Arbeit und dann noch einmal bei meinem neuen Haus."

Savannahs Augen weiten sich, als sie merkt, was das bedeutet. „Er verfolgt dich."

„Das muss er. Er scheint meinen Auftrag nicht zu kennen und mir ist nicht wohl dabei, es ihm zu sagen, wenn er nicht zum inneren Kreis gehört", sage ich.

Ihre blauen Augen zucken und ihr Blick strafft sich. „Ich werde mit Barrett über Aarons Verhalten sprechen."

Ich atme einen schweren Seufzer aus. „Ich will die Dinge nicht noch schlimmer machen." Ich werfe meinen Kopf zurück und stöhne. „Wenn Mikhail herausfindet, dass Aaron vom FBI ist, könnte das die gesamte Untersuchung ruinieren."

„Denk nicht daran, die Ermittlungen zu ruinieren. Es könnte dich umbringen." Savannah tritt näher heran. „Ich mache mir Sorgen, dass du undercover bleibst. Ich denke, du solltest abgezogen werden, bevor es noch komplizierter wird. Wir können jemand anderen finden und von vorne anfangen, um das Vertrauen der Bratva zu gewinnen."

„Nein!" Ich sollte dankbar sein, dass Savannah versucht, mich zu beschützen. Sie ist eine gute Agentin, eine der besten, aber ich will nicht von dem Auftrag abgezogen und mit einer anderen Untersuchung betraut werden, oder noch schlimmer, ich will nicht zusehen müssen, wie ein anderer Agent mit Mikhail umgeht.

Savannah zieht eine Augenbraue hoch. „Nein?"

Ich stoße einen schweren Seufzer aus und versuche, meine Gedanken zu ordnen. „Ich habe Mikhail's Vertrauen bereits gewonnen. Das alles wegzuschmeißen, ist sinnlos. Lass mich meine

Arbeit machen. Halte Aaron einfach von Mikhail und den Bratva fern."

„Wir haben gehört, dass das Kartell die Bratva bestiehlt. Hast du etwas gehört?"

Ich habe keine Informationen über ihre Geschäftsvereinbarungen erhalten. „Nein, Mikhail und ich reden nicht über Geschäfte", sage ich. „Er vertraut mir solche Informationen nicht an."

Ein Geräusch auf der gegenüberliegenden Seite der Tür lässt uns beide verstummen. Jemand ist im Lagerraum.

Ob es ein Angestellter ist oder jemand, der nicht dazugehört, wir bleiben still, bis wir sicher sind, dass wir allein sind und niemand zuhört.

Savannahs Stimme sinkt auf kaum mehr als ein Flüstern. „Noch gehörst du nicht zu seinem inneren Kreis, aber er wird dich mit einbeziehen. Das ist unvermeidlich."

„Wie kommst du denn darauf?", frage ich.

Savannah schüttelt den Kopf. Sie will nicht darüber reden. Egal, ob sie glaubt, dass jemand mithört, oder das wir keine Zeit mehr haben, ich muss zurück ins Café gehen.

„Pass auf dich auf", sagt sie.

Ich warte einen Moment und lausche auf der gegenüberliegenden Seite der Lagerraumtür.

Stille.

Ich schleiche mich in den Vorratsraum, aber ich bin allein. Ich schließe die Tür hinter mir und schleiche mich durch die Haupttür und den Flur entlang. Ich stelle mich in die Schlange und bestelle mir eine Tasse Kaffee. Wenn ich schon mal hier bin, kann ich das auch gleich tun.

Als ich an den Tresen trete, spüre ich, wie mich jemand von der anderen Seite des Raumes beobachtet. Luka sitzt in einer Ecke des Lokals und hat seinen Blick auf mich gerichtet.

Verfolgt er mich etwa?

Der Barista reicht mir meine Tasse, sobald ich bezahlt habe. Heute sind sie schnell.

Ich will nicht, dass er Savannah bemerkt, nicht dass ich erwarte, dass er weiß, wer sie ist, aber es ist besser, seine Aufmerksamkeit ganz auf mich zu richten. Ich versperre ihm die Sicht auf den Flur.

„Was tust du hier? Verfolgst du mich etwa?"

Luka lächelt und zuckt mit den Schultern. Er sagt kein Wort.

„Hat Mikhail dich dazu angestiftet? Um mir nachzuspionieren?"

Lukas Blick ist auf meinen gerichtet, was eine Erleichterung ist. Ich sehe, wie Savannah durch den Haupteingang zur Tür hinausgeht.

„Ich bin nur auf eine Tasse Kaffee hier", sagt Luka.

Ich werfe einen Blick auf den kleinen Tisch, der vor ihm steht. Kein Kaffee weit und breit, es gibt keinen Tee und nicht einmal ein Glas Wasser.

„Du erzählst nur Scheiße. Ruf Mikhail an. Hol ihn ans Telefon."

Er lehnt sich zurück, ganz zufrieden mit sich selbst und nicht im Geringsten von mir eingeschüchtert. „Mikhail ist ein viel beschäftigter Mann. Er hat keine Zeit für deine kindischen Spielchen", sagt Luka.

„Meine Spielchen? Du bist derjenige, der mir in den Coffee -Shop gefolgt ist." Ich versuche, leise zu sprechen, damit uns niemand belauscht, aber es ist schwer, vor ihm keine Szene zu machen. Ich halte den Becher Kaffee in der Hand und versuche, den Deckel nicht einzudrücken um ihn aus Frust nicht zu verschütten.

Luka holt sein Handy aus der Jackentasche. „Gut, ich rufe ihn an, aber er wird nicht erfreut sein, von mir zu hören."

„Bestimmt nicht, wenn du ihm sagst, dass ich dich dabei erwischt habe, wie du mir nachspioniert hast."

Er wählt Mikhail an. Zumindest nehme ich an, dass er ihn anruft. Er wartet einen Moment, bevor er in den Hörer spricht. „Ich habe ein Auge auf dein Mädchen geworfen, aber sie hat mich entdeckt", sagt Luka.

Ich strecke meine Hand aus und zeige, dass ich das Telefon haben will.

„Sie will mit dir reden", sagt Luka und gibt mir sein Gerät.

„Warum zum Teufel lässt du mich beschatten?" Ich versuche gar nicht erst, leise zu sein. Ich spüre, wie mich mehrere Augenpaare anstarren, weil ich ihre morgendliche Kaffeepause störe. Tja, Pech gehabt.

Mikhail räuspert sich. „Luka wollte nur sicherstellen, dass dein Ex-Freund dich in Ruhe lässt."

„Ich brauche keinen Bodyguard", sage ich und starre Luka an, während ich mit Mikhail am Telefon spreche.

Luka zuckt mit den Schultern, als ob ich vielleicht doch einen bräuchte. Wie viel weiß dieser Typ über Aaron?

„Da bin ich anderer Meinung", sagt Mikhail. „Wir können das heute Abend bei mir zu Hause besprechen, wenn du von der Arbeit kommst."

Ich hatte nicht mit einer so direkten Einladung gerechnet. „Du willst mich heute Abend sehen?" Ich war besorgt, dass er sein Interesse verloren haben könnte, nachdem wir miteinander geschlafen hatten und er abgehauen war.

„Hast du schon Pläne?", fragt Mikhail. In seinem Tonfall liegt ein Hauch von Verärgerung.

„Habe ich", sage ich. Das ist eine Lüge. Er darf nicht denken, dass ich kein Leben habe, dass ich keine Freunde oder zumindest Arbeitskollegen habe, mit denen ich gelegentlich etwas trinken gehe.

„Sag ihnen ab", sagt Mikhail. Er ist kurz und bündig. Es gibt keinen Raum für Diskussionen. „Du kommst nach der Arbeit vorbei."

Er ist fordernd, ein eindeutiges Warnsignal, aber ich denke nicht daran, mich mit dem Kerl zu verabreden. Das ist Undercover-Arbeit und ich muss alles tun, was nötig ist, um ihm näher zu kommen.

„Du wirst mich nicht satthaben?", frage ich und stoße ein schwaches, nervöses Lachen aus. Ich fühle mich nicht im Geringsten unwohl, aber ich täusche es vor, vor allem weil Luka jeden meiner Schritte beobachtet.

In der Bratva-Organisation gibt es niemanden, dem ich vertrauen kann.

„Luka wird dich zu mir fahren, wenn du mit der Arbeit fertig bist. Bis dahin hat er den Auftrag, dich zu beschützen."

„So kann man es auch ausdrücken", murmle ich ins Telefon.

„Was?", fragt Mikhail.

Ich bin mir nicht sicher, ob er meine Bemerkung gehört hat oder ob er nur so tut, als hätte er sie nicht gehört. „Ich gebe dich an Luka zurück", sage ich und schiebe ihm das Handy wieder in die Hand.

Ich warte nicht darauf, ein weiteres Wort von Mikhail zu hören, und schon gar nicht auf Luka. Ich eile aus der Tür des Cafés. Es ist ja nicht so, dass Luka nicht schon wüsste, wo ich hin will.

„Wo ist mein Kaffee?", fragt Hannah, als ich den letzten Schluck meines Kaffees trinke und den leeren Behälter in den Mülleimer werfe.

„Im Café", sage ich und zeige hinter mich in Richtung der Aufzugtüren.

Hannah kichert und stupst mich an der Schulter an. „Nächstes Mal lädst du mich ein. Ich zahle es dir zurück."

„Klar. Tut mir leid, ich habe gar nicht daran gedacht." Ich eile den Flur hinunter, um meinen Kittel anzuziehen.

Sie folgt mir, schon angezogen, aber es scheint, als wolle sie mir Gesellschaft leisten oder mit mir reden. Ich kann nicht sagen, was von beidem. Es ist ja nicht so, dass wir nicht zahlreiche Fälle hätten, aber Hannah ist der soziale Schmetterling hier und wenn sich die Gelegenheit bietet, ein Gespräch anzufangen, dann nutzt sie die.

„Du scheinst abgelenkt zu sein. Ist alles in Ordnung?" fragt Hannah.

Ich atme einen schweren Seufzer aus. Was kann ich Hannah erzählen? Alles, was ich ihr erzähle, könnte sich leicht wiederholen, und ihr zu sagen, dass ich beim FBI bin, kommt überhaupt nicht infrage.

„Ich habe angefangen, mich mit diesem Typen zu treffen", sage ich. Ich öffne meinen Spind und hole meinen Kittel heraus.

Sie verschränkt ihre Arme vor der Brust und ihre Augen weiten sich. „Erzähl weiter." Sie will Details hören.

Ich ziehe mich so schnell wie möglich um. Je schneller ich fertig bin, desto weniger muss ich ihr erzählen.

„Mein Auto ist kaputtgegangen, die Kurzversion: Er hat mich bei sich übernachten lassen und jetzt sind wir... na ja, ich weiß nicht, was wir sind, aber wir haben miteinander geschlafen."

„Ist das der Typ, der gestern nach der Arbeit unten aufgetaucht ist?"

„Nein, das ist mein Ex-Freund. Eine weitere Katastrophe, mit der ich mich hier herumschlagen muss", sage ich. Ich ziehe mich zu Ende um und schlüpfe in meine Schuhe.

„Nun, ich werde ein Auge auf den Ex haben. Wenn ich ihn sehe, werde ich ihn nicht in deine Nähe lassen." Hannah hebt ihre Arme, als würde sie mich in einen Boxring stellen, um mich zu beschützen.

Ich verziehe das Gesicht zu einem Grinsen. „Danke." Ich schnappe mir meinen Ausweis und befestige ihn an meinem Kittel.

„Du hast einen neuen Patienten in 218", sagt Hannah. Er hat einen grässlichen Teint. In ihren Augen ist etwas zu erkennen. Ist es Angst? „Es tut mir leid." Ihre Worte sind kaum mehr als ein Flüstern, aber ich höre sie, als sie zum andere Ende des Flurs hinunterrennt.

„Ich verstehe das nicht", murmele ich leise vor mich hin.

Warum entschuldigt sie sich?

Als ich mich der Schwesternstation nähere, ist Zimmer 218 gleich auf der anderen Seite des Flurs. Ich werfe einen Blick auf den stämmigen Herrn in seinem eleganten Anzug und seinen Haaren mit etwas zu viel Gel, die ein wenig speckig aussehen.

Er steht als Wache vor dem Zimmer 218.

Seine Arme sind vor der Brust verschränkt, seine Augen sind starr, als sein Blick mir folgt, während ich mich an dem Raum vorbeischleiche.

Warum gibt es einen Leibwächter? Der Mann ist kein Russe und schon gar nicht einer von Mikhail´s Männern, aber ich erkenne ihn.

Er ist Kolumbianer und gehört zum Sanchez-Kartell, Enrique Sanchez.

Zum Glück sind wir uns noch nie über den Weg gelaufen. Ich eile an der Wache vorbei in die Schwesternstation hinter den Schreibtisch, um die Krankenakte und die Informationen über unseren neuen Patienten Victor Hernandez im Computersystem zu überprüfen.

Carlo wurde kürzlich operiert, nachdem er vier Schusswunden in der Brust erlitten hatte.

Autsch.

Wer hat ihn angeschossen?

Ist das der Grund, warum er einen Leibwächter vor seinem Zimmer stationiert hat? Es ist weder ein Polizist noch jemand vom Sicherheitsteam des Concierge, der den Patienten überwacht.

Ich werfe einen unauffälligen Blick auf den Herrn, der Wache steht. Er ist einer der Dutzend Männern, gegen die wegen Geldwäsche und Drogenhandel ermittelt wird.

Ich sehe den Namen des Patienten nicht, was bedeutet, dass es sich nicht um den Anführer Carlos Sanchez oder einen ihrer höheren Angestellten handelt.

Es ist kein Geheimnis, dass sich das Kartell in der ganzen Stadt ausgebreitet hat und der Bratva feindlich gesinnt ist.

Haben die Bratva das getan? Sie haben diesen Mann mit vier Schusswunden in der Brust in unsere Obhut gegeben. Es ist ein Wunder, dass er noch am Leben ist.

Ich gehe auf das Zimmer des Patienten zu, aber Enrique hält mich auf, bevor ich einen Fuß hineinsetzen kann.

„Ich muss nach dem Patienten sehen", sage ich und zeige auf die Tür. „Lässt du mich durch, oder muss ich den Sicherheitsdienst rufen und dich entfernen lassen?

Enrique tritt zur Seite und lässt mich durch, bevor er die Tür wieder versperrt.

Kein Wunder, dass Hannah sich dafür entschuldigt hat, dass ich mit dem Kartell zu tun hatte. Wusste sie, dass es das Kartell ist, oder war sie nur besorgt, weil der Kerl, der vor der Tür des Krankenzimmers steht, einschüchternd aussieht?

Victor schläft noch, als ich sein Zimmer betrete. Ich tippe auf die Tastatur des Arbeitsplatzes in seinem Zimmer und öffne seine elektronische Krankenakte, um seine Werte zu erfassen. Ich gehe alles durch,

Blutdruck, Pulsmesser, Temperatur, und dann öffnet er seine Augen.

Sie sind glasig und rot. „Ich bin gleich fertig", sage ich. „Kann ich dir etwas bringen?"

Sein Blick wandert an meinem Kittel herunter. „Wo ist der kurze Rock?", fragt er. „Ich dachte, Krankenschwestern tragen diese sexy Uniformen, damit sich die Patienten besser fühlen.

Wenn ich nicht undercover wäre, würde ich den Bastard verprügeln. „Das ist meine Uniform", schimpfe ich. Ich täusche nicht einmal ein Lächeln vor.

Er streckt seine Hand aus und ich entziehe mich seiner Reichweite, bevor er mich anfassen kann. Ich notiere mir seine Daten und schließe den Arbeitsplatz ab, bevor ich den Raum verlasse.

Der Muskelmann vor der Tür tritt zur Seite.

Zwei andere Krankenschwestern werfen mir entschuldigende Blicke zu, weil ich mich mit Victor befassen muss.

Wissen sie, dass er zum Kartell gehört, oder haben sie nur ein schlechtes Gewissen, weil ich die Neue bin und die Patienten bekomme, mit denen sie nichts zu tun haben wollen?

Ich greife Hannahs Arm und ziehe sie in einen anderen Gang, außer Sichtweite des Bodyguards. „Wie oft bringt das Kartell seine Männer zur Behandlung hierher?"

„Sie gehören zum Kartell?" Hannahs Augen weiten sich. „Ich dachte, er wäre nur ein dreckiger Drogendealer aus einer Gang. Ich sehe ihn zum ersten Mal, aber der Leibwächter ist praktisch ein Stammgast. Alle paar Monate bringen sie jemanden, der angeschossen oder erstochen wurde und operiert werden muss. Wir ziehen alle Strohhalme, um zu entscheiden, wer sich um sie kümmern muss."

„Und ich bin die neue Krankenschwester in der Station, also wurde ich ausgewählt?" Ich bin nicht im Geringsten beleidigt. In meinem Beruf habe ich oft genug mit Schlägern und Dieben zu tun. Ich lächle Hannah schwach an, denn ich will nicht, dass sie denkt, ich sei sauer auf sie. „Ist schon gut. Ich werde schon mit ihm fertig."

„Mit dem Leibwächter oder dem Patienten?" ‚fragt Hannah. Sie lacht nervös und fummelt mit den Händen herum.

„Beides. Ich bin schon vielen Unholden begegnet."

Sie kichert und die Anspannung löst sich von ihren Schultern. „Okay, gut."

Kurz vor der Mittagspause gehe ich in die Cafeteria, um einen Happen zu essen.

Als ich aus dem Aufzug steige, streiten sich zwei Männer. Einer von ihnen ist Mikhail Barinov, der andere ist Carlos Sanchez.

Das Kartell und die Bratva.

Ich schleiche mich an dem Tumult vorbei und gehe in die Cafeteria, außer Sichtweite. Ich bin mir nicht sicher, aber Mikhail könnte mich entdeckt haben. Trotzdem werde ich mich nicht in den Streit zweier Männer einmischen, die sich gegenseitig bedrohen um sich die Köpfe einzuschlagen.

Die beiden Männer sorgen für einen ziemlichen Aufruhr, der mehrere Schaulustige anlockt, und schließlich höre ich die schweren Stiefel der

Sicherheitsleute, die die beiden Männer zwingen, den Streit zu beenden.

Ich bezahle mein Essen und nehme an einem Tisch in der Nähe Platz. Durch das Glasfenster kann ich das Chaos sehen. Es gibt nicht viele freie Sitzplätze, obwohl ich mich lieber in einer Ecke verstecken würde, um nicht gesehen zu werden, ist es die einzige Chance, die ich habe, mein Essen nach oben zu bringen.

„Madisyn!" Mikhail ruft meinen Namen, als sich die Sicherheitsleute einmischen.

Sein Blick ist starr auf mich gerichtet.

Selbst wenn ich mich verstecken wollte, wo sollte ich hingehen? Unter den Tisch?

Mit einem schweren Seufzer stehe ich auf und lasse mein Tablett unbeaufsichtigt, während ich aus der Cafeteria auf den Flur trete, wo sich die beiden Männer streiten.

Victor wird durch die Vordertür hinausbegleitet.

Mikhail scheint nicht so begeistert zu sein, dass er geht.

„Sir, wir müssen Sie bitten, zu gehen", sagt der Sicherheitsbeamte.

„Madisyn! Sie kann für mich bürgen", sagt Mikhail.

Ich trete in den Flur und wünsche mir, dass ich unsichtbar sein könnte.

Das klappt nicht.

„Kennen Sie diesen Herrn?", fragt der Sicherheitsbeamte.

Mikhails Augen suchen krampfhaft die meinen und flehen mich im Stillen um Hilfe an.

„Ja, leider. „

ACHT

Mikhail

Ich hatte nicht vor, Madisyn mit hineinzuziehen, aber der zweitklassige Sicherheitsdienst, der Concierge weiß nicht, wer ich bin. Er sollte seinen Job verlieren, weil er versucht hat, mich zum Gehen zu zwingen.

Ich bin Teilhaber dieses Etablissements, nicht nur ein Kunde.

Deshalb bin ich so wütend, dass Carlos Sanchez hier auftaucht, um sich behandeln zu lassen. Es gibt andere Krankenhäuser, Kliniken und Ärzte, zu denen er gehen könnte.

Er darf nicht in meinem Revier herumtrampeln, nur weil es für ihn bequem ist.

„Kannst du ihm sagen, dass er gehen muss, sonst müssen wir die Polizei verständigen?", sagt der Wachmann zu Madisyn.

Sie hat ihren Kittel an, ihre Haare sind leicht zerzaust und sie sieht erschöpft aus.

Ist das meine Schuld? Konnte sie nicht wieder einschlafen, nachdem ich gegangen war?

„Komm, ich bringe dich nach draußen", sagt Madisyn.

Ich weiß nicht, warum ich dachte, dass sie sich dem Wachmann entgegenstellen und ihm sagen würde, dass er mich in Ruhe lassen soll, weil ich zu ihr gehöre. Das war naiv, da es nicht ihr Kampf ist. Verdammt, sie weiß oder versteht nicht einmal, warum ich mich mit Carlos Sanchez streite.

Ich entziehe mich dem Griff des Wachmanns und begleite Madisyn zur Vordertür hinaus. Der Wachmann beobachtet uns die ganze Zeit. Sie sollte nicht in die Kälte gehen und zittert, als sich die automatischen Türen öffnen und ein kalter Luftzug in das Atrium peitscht.

„Willst du mir sagen, was hier los ist?", fragt Madisyn.

Es ist keine Überraschung, dass sie eine Menge Fragen hat, und ich möchte mit ihr reden, aber ich muss wissen, dass ich ihr vertrauen kann, dass sie loyal ist und mir den Rücken stärkt.

„Abgesehen davon, dass dieser Mann nicht hierher gehört?"

Sie schenkt mir ein schwaches Lächeln, als sie neben mir nach draußen tritt. „Alles in Ordnung?"

Es ist eiskalt, die Sonne steht hoch am Himmel, aber ich kann meinen Atem bei jedem Ausatmen sehen.

Madisyn muss frösteln. Sie schlingt ihre Arme um sich und hüpft von einem Bein auf das andere, um sich warm zu halten.

Ich will nicht, dass sie sich meinetwegen erkältet.

„Geh wieder rein, bevor du krank wirst." Ich schiebe meine Hände in meine Manteltaschen.

„Ich weiß nicht, was hier los ist, aber du musst verschwinden, bevor der Wachmann die Polizei ruft", sagt Madisyn und wirft einen Blick über ihre Schulter.

Der Wachmann steht immer noch im Flur und beobachtet den Austausch zwischen uns. Er kann zwar kein Wort von dem hören, was wir sagen, aber er vergewissert sich wahrscheinlich, dass ich gehe. Er hat ein Walkie-Talkie in der Hand und ich bin mir sicher, dass er die örtliche Polizei einschalten wird, wenn ich mich nicht bewege.

Ich brauche nicht noch mehr Drama oder Ärger.

Draußen ist keine Spur von Carlos zu sehen. Wahrscheinlich ist er schon mit dem Auto weggefahren.

„Gut, ich werde gehen. Aber Carlos hat hier nichts zu suchen. Ich will nicht, dass er noch einmal einen Fuß in dieses Gebäude setzt."

Ich bin Miteigentümer der Klinik, darf ich nicht mitbestimmen, wen wir durch die Eingangstür hereinlassen?

„Kümmere dich einfach an einem anderen Tag darum. Okay?" sagt Madisyn. „Was auch immer los ist, geh spazieren, entspann dich."

„Ich kann nicht. Einer meiner Männer wurde wegen dieses Bastards Carlos angeschossen." Ich habe versucht, mein Temperament im Zaum zu halten und die Sache professionell anzugehen. Ich tauchte im Concierge Center auf und suchte nach Madisyn.

Ich hatte nicht damit gerechnet, das Kartell unten in der Lobby anzutreffen.

Es gab ein Feuergefecht zwischen meinen Männern und dem Kartell. Ich hätte nie gedacht, dass wir beide am selben Ort auftauchen würden, um uns behandeln zu lassen.

Ins Krankenhaus zu gehen, kommt nicht infrage. Einer unserer Wächter am Eingangstor, Ivan, wurde angeschossen, als das Kartell unser Haus bedrohte.

Sie haben es nicht ins Haus geschafft. Es war eine Warnung, weil wir Carlos immer näher gekommen sind. Er schickte seine niederen Schläger, um sich zu rächen.

„Ich möchte, dass du mit mir kommst."

„Was? Jetzt?" Madisyn wirft einen Blick hinter sich auf das Gebäude. „Ich muss in zwanzig Minuten wieder oben sein."

Bei dem Verkehr werden wir mindestens so lange brauchen, bis wir auf dem Gelände sind, ganz zu schweigen von der Zeit, die wir benötigen, um Ivan zu nähen.

„Komm mit mir." Das ist kein Angebot. Es ist ein Befehl. Ich ergreife ihren Arm und bringe sie zu dem wartenden Geländewagen. Der Wagen parkt am Eingang.

Ivan liegt auf dem Rücksitz. Ich wollte ihn zur Behandlung herbringen, aber wenn sich das Kartell in der Nähe des Krankenhauses aufhält, ist es nicht sicher für ihn.

„Steig ein", sage ich. Ich habe meine Waffe bei mir und könnte sie damit bedrohen, wenn sie nicht gehorcht.

Sie spürt meine Dringlichkeit und klettert auf den Rücksitz.

„Er muss drinnen behandelt werden", sagt Madisyn, während sie auf die Sitzbank neben ihm klettert.

„Nicht, wenn das Kartell hier rumhängt. Ich wollte einen Rollstuhl holen, um ihn hineinzuschieben, aber stattdessen bin ich Carlos begegnet."

Ich klettere auf den Vordersitz.

Der Motor ist an. Das Fahrzeug ist bereits warm.

Ich trete das Gaspedal durch und wir rasen vorwärts. Ich kann nicht darauf warten, dass der Sicherheitsdienst oder die Bullen auftauchen, zumal Ivan auf dem Rücksitz bereits eine Menge Blut verloren hat.

„Wo bringst du uns hin?", fragt Madisyn.

„Zum Gelände", sage ich und werfe einen Blick in den Rückspiegel. Von Carlos oder dem Kartell ist nichts zu sehen.

Sie stößt einen schweren Seufzer aus. „Zieh deinen Mantel aus."

„Was?" ,frage ich und schaue in dem Rückspiegel zu ihr.

„Ich muss die Blutung stoppen. Ich werde meine Bluse nicht ausziehen. Darunter habe ich nichts an. Gib mir deinen Mantel", sagt Madisyn. Das Mädchen kommandiert mich praktisch herum, aber ich tue, was sie verlangt.

Während der Fahrt zucke ich mit den Schultern, was gar nicht so einfach ist, und schiebe den Mantel zwischen den beiden Sitzen hindurch zu ihr. „Hier."

Ich würde sie ja bitten, kein Blut darauf zu spritzen, aber da ich glaube, dass sie ihn gleich auf seine Wunde drücken wird, um die Blutung zu stoppen, bin ich wohl die achthundert Euro für einen Mantel los.

„Lass mich ihn in die Klinik bringen", sagt Madisyn. „Wenn es um die Wache geht..."

„Das hat nichts mit diesem blöden Wachmann zu tun", murmle ich.

Vor uns staut sich der Verkehr. Ich biege scharf nach rechts ab und Ivan stöhnt vor Schmerz auf, vielleicht hätte ich etwas langsamer in die Kurve fahren sollen.

„Kannst du nicht etwas rücksichtsvoller fahren?", schreit Madisyn mich an.

„Der Verkehr wurde angehalten. Ich versuche, uns schnell auf das Gelände zu bringen." Vielleicht hätte ich sie auf der Arbeit lassen und eine andere Krankenschwester mitnehmen sollen, jemand Netteres.

Ich gebe mehr Gas, weiche in Nebenstraßen aus und überfahre zwei Ampeln, die gerade auf Rot schalten, und überfliege ein Stoppschild.

Ich halte die Augen nach Polizisten offen, aber ich habe es eilig.

„Wie geht's ihm da hinten?"´, frage ich.

„Er hat eine Menge Blut verloren. Sein Puls wird schwächer. Du musst umdrehen und uns zurück zum Concierge Center bringen."

Ich schnaufe leise vor mich hin. „Das wird nicht passieren. Nicht, solange das Kartell auf uns wartet."

„Das Kartell hat nicht auf euch gewartet", sagt Madisyn. Sie ist etwas zu schnell mit ihrer Antwort.

„Was meinst du?", knurre ich.

Was weiß sie, was sie mir nicht sagt?

„Einer meiner Patienten scheint wahrscheinlich zum Kartell zu gehören", sagt Madisyn. „Er hatte einen Leibwächter vor seinem Zimmer."

„Wie heißt er?" Ich würde den SUV anhalten und Madisyn befragen, aber jede Sekunde könnte für Ivan Leben oder Tod bedeuten.

Mein Wachmann auf dem Rücksitz atmet flach und das Stöhnen und Zucken im Todeskampf wird immer leiser.

„Das kann ich dir nicht sagen, und das ist auch nicht der richtige Zeitpunkt, Mikhail", brüllt sie mir entgegen. Sie ist stinksauer.

Vielleicht habe ich das auch verdient. Andererseits bin ich immer noch wütend, weil ich erfahren habe, dass ihr Ex-Freund ein Bundesagent ist. Ich kann es nicht gebrauchen, dass er herumschnüffelt.

„Halte ihn am Leben, *Kisa*. Dein Leben hängt davon ab."

„Mein Leben?", fragt Madisyn und ihre Stimme wird lauter. „Ich habe früher Feierabend gemacht und werde wahrscheinlich gefeuert, weil ich dir geholfen habe. Ja, das scheint fair, mein Leben zu bedrohen, wenn ich dir helfe."

Sie ist frech. Das muss ich ihr lassen.

„Wirklich? Das ist alles, was du tust? Du arbeitest nicht mit deinem Ex-Freund zusammen, um Informationen über mich zu sammeln?"

Ich werfe einen Blick in den Rückspiegel und fixiere sie mit meinem Blick.

Sie schüttelt den Kopf und richtet ihre Aufmerksamkeit wieder ganz auf Ivan.

Gut, sie muss ihn am Leben erhalten.

Ich will sie nicht töten müssen. Das wäre wirklich schade.

„Ich habe herausgefunden, dass dein Ex ein FBI-Agent ist. Und zwar ein Special Agent des FBI", sage ich.

Sie erwidert meinen Blick nicht – sie konzentriert sich auf Ivan.

Ich schaue zurück auf die Straße, wo ich aufpassen muss. Noch eine scharfe Rechtskurve und ich habe uns um den Stau herumgeleitet.

„Ja, na und? Es ist nur sein Job. Was spielt das für eine Rolle?" fragt Madisyn.

Ich räuspere mich. Wenn sie das so sagt, fühle ich mich wie ein Arsch.

Ich habe ihr nicht gesagt, dass ich eine Bratva bin oder dass meine Geschäftspartner meine Blutsbrüder sind.

Ich will nicht mit jemandem im Bett sein, der meine Geheimnisse an den Feind verraten könnte.

„Ich mag es nicht, wenn die Polizei auf meinem Grundstück herumschnüffelt", sage ich. Ich muss das fragen, auch wenn ich sie nicht vorwarnen will, dass es verschwunden ist. „Hast du etwas von mir gestohlen?"

„Natürlich nicht! Wovon redest du denn? Was könnte ich denn gestohlen haben?"

Ich antworte nicht auf ihre Frage. Ich wende mich wieder dem Gespräch über Aaron zu. „Bist du mit ihm befreundet? Mir gefällt nicht, wie er gestern Abend aufgetaucht ist."

„Sah es so aus, als wären wir Freunde, als er gestern Abend zu mir kam und mich belästigte?" schnauzt Madisyn.

Da hat sie recht. Deshalb habe ich auch Luka gebeten, sie genau im Auge zu behalten und ihr einen Bodyguard zuzuweisen, falls er wieder auftaucht. Erst ging es darum, sie zu beschützen, aber jetzt muss Luka aufpassen, damit sie ihm nichts verrät.

Vor allem jetzt, wo ich sie mitnehme, um Ivan zu helfen; sie wird Dinge sehen, die sie nicht mehr vergessen wird.

Wir halten vor dem Tor an. Einer meiner Männer lässt uns rein und schließt das Metalltor hinter uns. Ich parke vor dem Haupteingang und stelle den Motor ab.

Die Eingangstür öffnet sich. Der Wärter am Tor muss meine Männer benachrichtigt haben. Nikita und Dimitri eilen nach draußen, öffnen die Hintertür und helfen Ivan hineinzutragen. Er ist nach vorn gebeugt und beide Männer legen einen Arm um seine Schulter, während sie ihn die Haupttreppe hinauf manövrieren. Sie versuchen, den blutigen Mantel zu fixieren, um ihn nicht verbluten zu lassen.

Ivan ist blass. Er war schon immer etwas hellhäutig, aber er sieht grässlich aus. Der Schweiß steht ihm auf der Stirn, als meine Männer ihn ins Haus schleppen.

Ich werfe Luka meine Schlüssel zu, als er mir nach draußen folgt. „Parke ihn für mich", sage ich.

Madisyn klettert vom Rücksitz, nachdem Ivan von zwei meiner Männer herausgezogen wurde. „Du kommst mit mir rein", sage ich und gebe ihr ein Zeichen, mir zu folgen.

Sie ist mir dicht auf den Fersen.

Ihre Hände sind blutig, der Kittel ist purpurrot, da sie einem meiner Männer geholfen hat.

Sie muss sich umziehen und duschen, aber nicht, bevor sie sich um Ivan gekümmert hat. Für sie gibt es viel zu tun.

Madisyn folgt dicht hinter mir, und begleitet mich in den Flur, wo meine Männer Ivan hingebracht hatten.

„Du wirst Nachschub brauchen", sage ich und führe sie zu einem Medizinschrank.

Ich öffne die Schranktür und ignoriere ihren Gesichtsausdruck. Sie ist überrascht, dass ich vorbereitet bin. Sie wäre nicht schockiert, wenn sie wüsste, dass dies nicht unser erstes Rodeo ist. Messerstechereien und Schusswunden sind bedauerliche Nebeneffekte des Jobs.

In meinem Schrank gibt es mehr als nur die Grundausstattung. Ich habe alles, von einer medizinischen Hautklammer bis hin zu Nähnadeln. Es gibt jede Menge Mull, Reinigungsalkohol, eine Auswahl an illegalen und verschreibungspflichtigen

Medikamenten und eine intravenöse Ausrüstung für kleinere Operationen.

Vor zwei Jahren habe ich einen Mann verloren, weil ich nicht die richtige Ausrüstung hatte. Deshalb habe ich mich mit Steele Concierge Medical zusammengetan. Das sollte die Dinge erleichtern. Sie stellen keine Fragen und schalten die Polizei nicht ein. Aber das Kartell sollte auch nicht dabei sein.

Es war ausschließlich unsere Einrichtung, zusammen mit ein paar Milliardären und reichen Geschäftsleuten, die die Vorzüge eines Concierge-Zentrums nutzen wollten.

Es sollte nie für die Öffentlichkeit zugänglich sein. Warum zum Teufel hing Carlos in der Lobby herum? Wenn seine Männer medizinische Hilfe brauchten, können sie in ein Krankenhaus gehen.

Madisyn hatte erwähnt, dass einer seiner Mitarbeiter auf ihrer Etage war.

Wer?

Ivan hatte einenMistkerl angeschossen, der ihn angegriffen hat, aber als meine Männer kamen, um ihm den Rücken zu stärken, war das Kartell schon weg.

––––––––

„Das hast du gut gemacht", sage ich, als sie die letzten Stiche an Ivans Bauch näht, nachdem sie die Kugeln entfernt hat.

„Er muss sich ausruhen und sollte unbedingt Antibiotika bekommen, damit sich seine Wunden nicht infizieren."

„Du sagst mir, was er benötigt, und ich besorge es ihm", sage ich.

Er wird nicht ins Krankenhaus gehen und wir werden sicher nicht nach Steele fahren, bis das Kartell verschwunden ist.

„Ich habe meinen Rezeptblock nicht dabei", sagt sie.

Ich wusste nicht, dass sie Krankenschwester ist und Medikamente verschreiben kann. Es wäre praktisch, sie in der Nähe zu haben.

Allerdings hatte ich sie auch noch nie gefragt, was genau sie beruflich macht.

„Das ist in Ordnung. Schreib einfach auf, was er braucht. Ich kümmere mich um den Rest", sage ich. Ich gebe ihr ein Blatt Papier und sie schreibt die Medikamente und Dosierungen auf.

Nachdem sie alle Informationen aufgeschrieben hat, übergebe ich sie an Dmitri. „Kümmere dich darum", sage ich.

„So handhabst du das also?," fragt Madisyn. „Du lässt das deine Männer für dich erledigen?"

„Ich gebe meine Befehle an die Männer weiter, denen ich vertraue." Ich mustere sie von oben bis unten.

Sie ist mit getrocknetem Blut bedeckt. Selbst mit den Handschuhen, die sie bei der Operation benutzt hat, hatte sie noch Blut an ihrer Kleidung, weil sie ihn auf dem Rücksitz des Geländewagens angefasst hat.

„Komm mit mir."

Sie folgt ihm, aber sie ist kein bisschen leise. „Wohin gehen wir?"

„Du brauchst eine Dusche. Du bist blutverschmiert und ich muss deine Kleidung loswerden." Die Menge an Blut, die auf ihrem Kittel eingebrannt ist, lässt sich auf keinen Fall entfernen. „Zieh die Schuhe aus", befehle ich, bevor wir die Treppe hinaufgehen.

Sie streift ihre schwarzen Schuhe ab. Sie sind zumindest passabel. Das Schwarz verdeckt zwar das Blut, aber das heißt nicht, dass keine Spuren an ihr zu sehen sind.

„Ich werde mich um sie kümmern", sage ich. „Komm mit mir." Ich führe sie die Treppe hinauf und in mein Schlafzimmer. Sie wird mein privates Badezimmer mit mir teilen.

Ich öffne die Schlafzimmertür, schalte das Licht ein, führe sie hinein und schließe die Tür hinter ihr.

„Zieh dich aus."

„Wie bitte?"

„Du musst duschen und ich muss deine Klamotten loswerden. Alles ausziehen." Ich gebe ihr ein Zeichen, sich zu beeilen.

„Gut." Sie macht sich auf den Weg ins Bad, aber ich halte sie davon ab, die Tür zu schließen. „Was glaubst du, was du da tust? Das ist keine kostenlose Show."

„Doch, ist es", sage ich, lege den Kopf schief und starre sie an. „Du wirst dich ausziehen, unter die Dusche gehen und baden. Und ich werde dir dabei zusehen."

„Wie bitte?" Ihr bleibt der Mund offen stehen.

Das ist gut.

„Ich will nicht, dass du etwas von dem behältst, was heute Nacht passiert ist. Ich muss sicher sein, dass alles verschwunden ist. Zerstört oder den Abfluss hinunter. Jetzt zieh dich aus."

„Ich ziehe mich nicht für dich aus", knurrt Madisyn mich an.

Ich lache leise vor mich hin. „Das hast du gestern Abend nicht gesagt."

Mit zusammengekniffenen Augen reißt sie sich das blutige Oberteil über den Kopf und wirft es mir ins Gesicht. „Du bist ein Arschloch."

„Das mag sein, aber du hast mich trotzdem gefickt. Du fandest etwas Unwiderstehliches an diesem Arschloch." Ich grinse und genieße die Show.

Sie ist aufgewühlt und Feuer und Flamme. „Oh, es gibt viel, dem ich widerstehen kann, jetzt, wo ich sehe, wer du wirklich bist!" Madisyn schiebt ihre Hose von sich und wirft sie nach mir.

Diesmal fange ich ihre Hose auf und halte sie zusammen mit ihrem Oberteil zerknüllt in meinen Händen. „Die Unterhose auch", sage ich und zeige ihr mit zwei Fingern, dass sie sie mir geben soll.

„Warum? Da ist doch kein Blut dran."

„Nein, aber es ist meins."

Sie rollt mit den Augen, schiebt sie eilig herunter und schleudert sie mir ins Gesicht. Ich fange das schwarze Spitzenhöschen auf und führe es an meine Nase. Dabei spüre ich ihre Feuchtigkeit auf der Baumwolle.

„Du bist gerade erregt."

Ich hätte es sehen müssen, die Haltung, ihr dunkler Blick, die roten, rosigen Wangen.

„BH auch, und die Socken müssen weg."

Sie öffnet ihren BH und streift eine Socke nach der anderen ab, bevor sie mir die Sachen in die Hand drückt. „Bist du jetzt zufrieden? Du hast mich gezwungen, mich auszuziehen. Zu was für einem Mann macht dich das?"

„Ich tue es, um dich zu beschützen. Wie würdest du das Blut erklären, wenn jemand es auf deinem Kittel findet?"

„Ich arbeite in der Medizinbranche. Es wäre nicht das erste Mal, dass Blut oder Erbrochenes auf meine Kleidung gelangt."

Die Menge an Blut auf ihrer Arbeitskleidung kann man nicht einfach übersehen. „Geh unter die Dusche."

Sie geht auf die Dusche zu, zieht die Glastür zurück und stellt das Wasser an. Es dauert einen Moment, bis sich das Wasser erwärmt hat, bevor sie in die Kabine steigt. Ich schiebe die Tür zu, durch das Glas kann man ihre Silhouette erahnen, aber ob du es glaubst oder nicht, ich bin nicht wegen der Show hier.

Ich muss zweifelsfrei wissen, dass ich ihr vertrauen kann und dass kein Blut zurückgeblieben ist.

Das bedeutet, dass ich sie gründlich schrubben muss. Sie darf keine Spuren unter den Fingernägeln oder auf dem Rücken haben.

Ich sollte ihr Gesellschaft leisten.

Ich ziehe meine Kleidung aus. Mein Hemd hat Blutflecken am Kragen und an den Ärmeln, aber sie sind nicht annähernd so auffällig wie bei Madisyns Kleidung.

An meiner Hose ist wahrscheinlich auch Blut, aber durch das Schwarz ist es schwer zu sehen. Ich werde meinen Anzug zusammen mit ihrer Kleidung verbrennen—es ist nicht sinnvoll, Beweise für einen Angriff zu riskieren.

Als Bratva müssen wir immer Vorsichtsmaßnahmen treffen.

„Ich komme zu dir rein", warne ich sie, als ich die Duschtür öffne.

„Was?" Ihre Augen sind geschlossen und ihr Kopf ist nach hinten unter die Dusche gebeugt. Das Wasser ergießt sich über sie und fließt über ihre nackte Haut. Sie sieht unwiderstehlich aus.

„Ich muss sicherstellen, dass du das ganze Blut abbekommst und ich könnte auch eine Dusche gebrauchen", sage ich.

Ihre Augen öffnen sich und sie sieht an mir auf und ab. „Lahme Ausrede. Wenn du mit mir duschen wolltest, hättest du es nur sagen müssen."

Meine Oberlippe kräuselt sich, als ich sie spielerisch anknurre, Madisyn an der Taille packe und sie an mich ziehe. „Ich muss sicherstellen, dass du sauber bist. Jeden Zentimeter an dir."

Ich lehne mich näher an sie heran, meine Lippen streicheln ihre, küssen sie aber nicht ganz. Der Dampf der Dusche vermischt sich mit der Hitze und Leidenschaft, die zwischen uns lodert.

„Willst du den Dreck gleich von mir wegmachen?", fragt sie.

„Wenn ich alles abschrubben muss, werde ich das tun", flüstere ich. Ich drücke meine Lippen auf ihre und ziehe an ihrer Unterlippe, um sie zwischen meine Zähne zu nehmen.

Sie wimmert und zittert in meinen Armen.

Das Wasser ist klar. Das meiste Blut auf ihrer Haut ist in den Abfluss geflossen, bevor ich zu ihr in die Dusche gestiegen bin.

Ich packe ihren Kiefer und drehe ihren Kopf leicht von einer Seite zur anderen. Ich mag es, sie zu halten, sie zu kontrollieren, aber ich untersuche auch ihre Porzellanhaut, um sicherzugehen, dass keine Blutreste zu sehen sind. „Ich kann dich nicht gebrauchen, wenn du auch nur einen Blutfleck auf deiner Haut hast.

„Warum?", flüstert sie und sieht mich mit schweren Lidern an.

Fragt sie mich das wirklich?

„Dein kleiner Ex-Freund würde gerne..." Ich halte mich selbst davon ab, weiter darauf einzugehen.

„Was würde er gerne tun?", fragt Madisyn. Ihr Kopf ist zur Seite geneigt, meine Hand liegt auf ihrem Kiefer und ich lasse sie los.

Er würde mich gerne hinter Gitter bringen.

„Das spielt keine Rolle", sage ich. Es ist ja nicht so, dass das Blut von einem Mord stammt, den ich begangen habe. Wir wurden angegriffen, aber die Polizei und das FBI sind nicht unsere Freunde. Denen kann man nicht trauen. Nicht jetzt und auch sonst niemals.

Sie können Geschichten verdrehen und ich vertraue nicht darauf, dass sie Madisyn nicht gegen mich verwenden würden, vor allem nicht ihren abscheulichen Ex-Freund.

Hastig drehe ich sie um und drücke sie gegen die Duschkabine, damit sie sich gegen den Duschstrahl stellen kann.

Ihre Hand stützt sich auf den elfenbeinfarbenen Spülstein, während das Wasser auf jeden Zentimeter ihrer nackten Haut tropft. Sie glänzt und ist sexy. Ich will hören, wie sie in Ekstase meinen Namen schreit.

Mein Mund streift ihr Ohr.

Sie erschaudert in meiner Umarmung. „Sag mir, dass du das willst", flüstere ich.

„Ich will dich", antwortet Madisyn. Sie dreht ihren Kopf zur Seite, windet sich in meiner Umarmung und versucht, sich umzudrehen.

Ich lasse sie nicht.

„Und du wirst mich haben, aber du musst wissen, dass du zu viel gesehen hast", sage ich und warne sie vor der Gefahr, in die sie sich mit unserem Schlamassel verstrickt hat. „Es gibt kein Zurück mehr."

Auch wenn sie keine andere Wahl hatte, steckt sie tief drin und es gibt kein Entkommen aus der dunklen Unterwelt.

„Das würde ich auch nicht wollen", sagt sie.

Ihre Worte klingen wie eine Sinfonie. Meine Finger verheddern sich in ihren langen Locken, ich ziehe ihr Haar an der Schulter zur Seite und zupfe an ihren vanillefarbenen Locken. „Du gehörst mir, *Kisa*. Du gehörst der Bratva und mir."

Ich besiegle ihr Schicksal mit einem feurigen Kuss.

Sie weicht nicht zurück oder zieht sich zurück. Sie kann nicht gegen ihr Schicksal ankämpfen. Sie fügt sich ihm, als wäre sie dazu bestimmt, hier zu sein, um unter mir zu sein.

Normalerweise erlaube ich Frauen in meinen Reihen nicht, unter mir zu arbeiten. Sie machen die Dinge komplizierter, oder besser gesagt, ihre Beziehung, aber es gibt kein Zurück mehr. Sie hat gesehen, wie das Blut eines meiner Männer vergossen wurde und hat geholfen, ihn zusammenzuflicken.

Es gab keine Fragen, keine offenkundige Neugierde. Sie hat gehorcht wie ein braves kleines Mädchen, und ich werde sie belohnen.

Meine Finger kitzeln ihre Brust und gleiten über ihren Bauch.

Sie stützt sich mit einer Hand an der Duschwand ab und mit der anderen greift sie von hinten an meine Hüfte. Ihre Bewegungen sind rau und ihre Nägel kratzen über meine Haut. Sie sucht nach mir und fleht mich leise an, sie zu ficken.

Und das werde ich, *Kisa*. Alles zu seiner Zeit.

„Schwöre mir, dass du treu bist." Ich knabbere an ihrem Hals und hinterlasse einen Abdruck auf ihrem Schlüsselbein. Sie gehört mir, und ich will, dass alle wissen, dass sie mir gehört.

Madisyns Stimme ist kaum mehr als ein Flüstern. Sie wird von dem Geräusch der Dusche übertönt, die gegen meinen Rücken prasselt. „Ich schwöre."

Ich lecke an ihrem Schlüsselbein entlang, wo sich ein kleiner roter Fleck befindet. Meine Finger wandern über ihre Hüfte und zwischen ihre Schenkel und schieben ihre Beine noch weiter auseinander.

„Versprich mir, dass du gehorsam bist." Ich will ihre Erklärung hören. Ich warte damit, sie dort zu berühren, wo sie sich nach Lust sehnt, bis ich alles von ihren Lippen gehört habe, was ich brauche.

Sie lässt den Kopf hängen. Ein Arm stützt ihr Gewicht gegen die Duschwand. Der andere streicht durch mein Haar.

Sie ist verzweifelt. Ich kann ihre Bedürftigkeit und ihr Verlangen nach mir spüren. „Ich verspreche es", sagt sie und wimmert.

Meine Finger kitzeln ihre Falten auseinander. Sie ist schon ganz feucht für mich.

Ich verheddere meine Finger in ihren Haaren und ziehe ihre Taille zurück an meine. „Du gehörst mir, *Kisa*." Ich stoße meinen Schwanz in sie hinein.

Sie stöhnt und wimmert, als ich ihre Muschi ausfülle. Ich beuge sie nach vorn und stoße weiter zu.

Eine Hand umfasst ihre Hüfte, die andere ihr Haar und hält sie so in der Beugeposition.

Ihr inneres zieht sich um meinen Schwanz zusammen, zittert und krampft. Ich spüre, dass sie kurz vor dem Höhepunkt steht.

„Mikhail", keucht sie, ihr Atem ist rasselnd, sie ist kurz davor.

Aber ich lasse sie noch nicht kommen. Ich habe die Kontrolle, nicht sie.

Ich will sie härter und schneller ficken und spüren, wie die Kraft durch meinen Körper schießt, aber noch nicht.

Ich stelle das Wasser ab, weil ich sicher bin, dass wir beide sauber sind.

Sie steht auf und dreht sich um, um mich anzusehen. Ihre Wangen sind gerötet, und sie atmet schwer. „Wo gehst du hin?", fragt Madisyn.

„Raus aus der Dusche", befehle ich.

Ich antworte nicht auf ihre Frage. Sie wird mir gehorchen, wie sie es versprochen hat und für ihre Unterwerfung belohnt werden.

Ich schiebe die Duschtür auf und steige aus. Ich nehme ein Handtuch und werfe es ihr zu, damit sie sich abtrocknen kann. Ich nehme auch eins und wische mir schnell die Wasserperlen auf meiner Haut ab.

Ich bin steinhart und sie bemerkt mein Verlangen unübersehbar.

Ich gebe ihr ein paar Sekunden Zeit, sich abzutrocknen, bevor ich die Tür zum Schlafzimmer öffne. „Folge mir."

Sie streicht sich mit dem Handtuch über den Körper. Ihr Haar ist tropfnass und sie nimmt das Handtuch lange genug weg, um zu versuchen, einige der Wassertropfen von ihren Locken aufzufangen.

Ich freue mich, dass sie sich nicht gegen mich wehrt und tut, was ich ihr sage. Es ist selten, ein so wertvolles Juwel zu finden.

„Steig auf die Matratze, auf den Rücken."

Sie lässt das Handtuch auf den Boden fallen und tut, was ich sage.

Mein Handtuch liegt zusammen mit ihrem auf einem Haufen, während ich den Abstand zwischen uns schließe.

„Berühre dich selbst", sage ich und schaue ihr in die dunkelbraunen Augen.

„Was?", quietscht ihre Stimme. Hinter ihrem Blick verbirgt sich Furcht.

Ich schleiche mich näher heran und klettere auf allen Vieren auf die Matratze. Ich berühre sie nicht, sondern schwebe nur darüber. „Ich will sehen, wie du dich selbst befriedigst."

Ihre Zunge schießt heraus und streicht über ihre Oberlippe. „Ich habe noch nie..."

„Das glaube ich dir nicht."

„Du hast mich nicht ausreden lassen", sagt sie. Die Röte von vorhin hat sich auf ihren Wangen und ihrem Hals ausgebreitet. „Das habe ich noch nie vor jemandem gemacht", sagt sie.

„Gut", sage ich und grinse. „Ich werde derErster sein."

Stolz steigt in mir auf. „Ich lasse dich sogar kommen, wenn du es vor mir tust."

Sie presst ihre Lippen zusammen und lacht nervös. Ihre Finger wandern zwischen ihren Schenkeln hinunter. Sie fängt an, an ihrem Schlitz und an ihrer Klitoris zu reiben.

Ich kann ihre Erregung riechen und möchte sie schmecken, sie verschlingen und spüren, wie sie an meinen Lippen zerbricht. Aber ich lasse sie warten und das lässt meinen Schwanz nur noch härter pochen.

„Sag mir, was du tust", sage ich.

Ihre Stimme ist kaum mehr als ein Flüstern, und ihre Augen sind geschlossen.

„Ich berühre mich selbst."

„Sieh mich an", befehle ich.

Ihre Augen öffnen sich träge und ihr Atem wird tiefer, als ihre Finger über ihre Schamlippen gleiten. „Das ist mein Mädchen", sage ich stolz.

Ich rutsche auf dem Bett hinunter und beobachte, wie ihre Perle anschwillt und sie die Perle reizt.

Mein Schwanz pocht, während ich zusehe, und ich stelle mir vor, dass sie innerlich schmerzt und sich danach sehnt, dass mein Schwanz sie ausfüllt. „Wechsle die Hände. Ich will dich schmecken", sage ich.

Ich bewege meine Hand über ihre, führe ihre Finger in ihre Nässe und bedecke ihre Zehen.

„Mikhail." Ihre Stimme ist rau und atemlos.

Ich spüre ihre Nervosität. Ich führe ihre Finger an meine Lippen, schmecke ihre Nässe, ihre Essenz, und klettere wieder über ihren Körper, um ihre Lippen zu kitzeln.

Meine Finger streicheln sie, liebkosen ihre Lippen, reizen ihre Klitoris. Ihre Hüften bewegen sich auf der Matratze, als sie unruhig wird.

Ich schwebe über ihren Lippen und fahre mit meiner Zunge über ihre Oberlippe und dann über ihren Po.

Ich gleite mit zwei Fingern in ihr warmes Inneres und ihre Nässe sickert heraus, während ich sie ausfülle.

Madisyns Stöhnen ist leise und zaghaft. Bei mir muss sie nicht so sein. Ich will, dass sie furchtlos und selbstbewusst ist. „Komm für mich", flüstere ich ihr ins Ohr und sauge sanft an ihrem Ohrläppchen.

Sie wimmert und zittert an meinen beiden Fingern. Ich schiebe einen Dritten in ihre Muschi, necke und ficke sie mit dem Finger.

Ihre Hüften heben sich vom Bett und sie schnappt nach Luft. „Fick mich, bitte."

Ich könnte ihr nie etwas vorenthalten, schon gar nicht, wenn sie in diesem verzweifelten Tonfall bittet, der meinen Schwanz in Wallung bringt.

Ich ziehe meine Finger langsam genug zurück, um meinen Schwanz mit ihrer Nässe zu streicheln und in ihre Wärme zu gleiten.

Ihr Kopf neigt sich nach hinten und ihr Rücken hebt sich von der Matratze, während ich sie ausfülle.

Sie lehnt sich nach oben, um meine Lippen zu erobern und ihre Zunge in meinen Mund zu schieben, hungrig nach mehr.

Ich will ihr alles geben, alles von mir.

Ihr inneres klammert sich an meinen Schwanz, zittert und krampft.

„Komm für mich", haspel ich gegen ihre Lippen.

Sie zieht mich tiefer und fester an sich. Madisyns Beine schlingen sich um meine Taille und es ist, als würde ein Feuerwerk in der dunkelsten Nacht explodieren.

Ich schließe die Augen, stöhne auf, als sie mir meinen Namen ins Ohr stöhnt, und kann endlich loslassen.

Ich rolle von ihrem Körper und lege mich schwer keuchend auf den Rücken. Als ich an die Decke starre, kommt Madisyn in Sicht.

Sie legt sich an mich und ihre Hand legt sich auf meine Brust.

„Du bist perfekt, *Kisa*."

Ihre Wangen röten sich, und sie legt ihre warme Wange an meine Brust.

Am liebsten würde ich sie fest an mich ziehen, die Decke über uns werfen und einschlafen, aber das steht nicht auf dem Plan.

„Genug geruht", sage ich und schiebe sie sanft auf das Bett, damit sie sich aufsetzen kann.

Madisyn brummt unzufrieden.

„Ich habe eine Überraschung für dich."

NEUN

Madisyn

Mein Inneres pocht noch immer von dem intensiven Orgasmus, den Mikhail mir beschert hat. Ich kann mich nicht erinnern, wann es sich das letzte Mal so verdammt gut angefühlt hat, gefickt zu werden. Außer gestern, mit Mikhail.

Mein Herz hört nicht auf, gegen meinen Brustkorb zu schlagen, und Mikhail hat noch eine Überraschung für mich auf Lager? Ich weiß nicht, wie viel ich noch ertragen kann.

„Eine Überraschung?" Ich setze mich im Bett auf und will nach der Decke greifen, aber sie ist unter den Kissen vergraben. Das Bett ist immer noch ordentlich gemacht, fast makellos, abgesehen von den Falten, die wir gemacht haben.

Er stöhnt, als er von der Matratze klettert.

Ich kann meinen Blick nicht von seinem Körper abwenden. Er hat einen Wahnsinnskörper, dick und muskulös. Von seiner Stärke ganz zu schweigen.

„Das ist für dich", sagt er und geht zu seiner Kommode. Dort steht ein großer weißer Karton und er bringt ihn zum Bett. „Öffne ihn."

Ich weiß nicht, was er für mich besorgt haben könnte.

Die Schachtel ist schlicht und einfach. Sie verrät nichts über ihren Inhalt, außer dass sie ziemlich groß ist. Einen Ring oder ein Paar Ohrringe bewahrt er darin sicher nicht auf.

Ich hebe den Deckel an und ziehe das knisternde weiße Seidenpapier zurück, das um ein schwarzes Kleid gefaltet ist. Es schimmert im Licht und ist wunderschön.

„Ich möchte, dass du das heute Abend für mich trägst, wenn wir ausgehen", sagt Mikhail.

„Du gehst mit mir aus?" Ich bin überrascht, dass er daran interessiert ist, dass ich ihn irgendwo hinbegleite. „Musst du zu einer Veranstaltung für deineArbeit?" ‚frage ich.

Ich kann mich nicht erinnern, dass eine Soiree für die Bratva ansteht, aber das heißt nicht, dass es keine gibt. Vielleicht wurde ich nur nicht eingeweiht, weil mein Team nichts davon wusste.

„Ich lade dich zum Essen ein", sagt Mikhail.

———

„Dieser Ort ist unglaublich", sage ich, als ich Mikhail gegenübersitze. Wir haben einen Tisch in einem der prunkvollsten Restaurants der Stadt bekommen. „Wie hast du die Reservierung bekommen?"

„Ich bin Teilhaber des Lokals", sagt Mikhail. „Der Chefkoch und ich sind Freunde. Er wollte ein Restaurant, hatte aber nicht die nötigen Mittel. Ich wollte ein Restaurant, hatte aber keinen Chefkoch."

Ich weiß nicht, ob er scherzt oder ob mehr hinter der Geschichte steckt. Mir war nicht bekannt, dass er Miteigentümer eines Restaurants ist. Was weiß ich sonst noch nicht?

„Das ist nett von dir, einem Freund zu helfen", sage ich. Ich schenke ihm ein aufrichtiges Lächeln. Ich bin beeindruckt, dass er mehr als nur illegale Geschäfte betreibt, obwohl er über diesen Ort auch Geld waschen könnte. Das werde ich weiter untersuchen und Savannah berichten, wenn ich sie kontaktiere.

Mikhail greift nach seinem Rotwein, schwenkt das Glas und atmet das Aroma ein, bevor er es probiert. „Es ist nicht nur Großzügigkeit."

Ich lächle höflich, als ob ich nicht verstehen würde, was er sagen will. „Was meinst du?"

„Ich bin Geschäftsmann und gehe nur Risiken ein, die meinen Erfolg garantieren."

„Aber wie konntest du wissen, dass dieses Restaurant ein Erfolg wird?", frage ich. „Nichts im Leben ist garantiert." Ich greife nach meinem Wein und nehme einen Schluck. Er ist süß, fruchtig und ziemlich perfekt, ohne übermäßige Säure oder Nachgeschmack. Es ist der beste Wein, den ich je getrunken habe.

Er stand auch nicht auf der Speisekarte.

Mikhail hat ihn extra bestellt. Genau wie unsere Mahlzeiten.

„Betrachte es als ein kalkuliertes Risiko, das sehr gering ist", antwortet Mikhail. Er ist kryptisch und darauf bedacht, nichts zu verraten, was ich gegen ihn verwenden könnte.

Nicht, dass er eine Ahnung hätte, dass ich beim FBI bin. Wenn er das wüsste, hätte er nicht mit mir geschlafen. Wahrscheinlich hätte ich auch nicht mit ihm schlafen sollen, aber wenn man verdeckt ermittelt, muss man alles tun, was nötig ist, um den Job zu erledigen.

Und es war ja nicht so, dass ich nicht mit ihm schlafen wollte. Ich würde es wieder und wieder tun.

„Madisyn!" Thomas Slate, einer meiner Kollegen aus Quantico, schreitet direkt auf unseren Tisch zu. Er trägt einen schwarzen Anzug und eine Krawatte. Wenn er hierher kommt, hat er entweder ein schickes Date oder er plaudert mit einem der Chefs.

Mikhail räuspert sich und sein Blick verhärtet sich. Er scheint nicht im Geringsten erfreut darüber zu sein, dass ein Gentleman mich erkannt hat.

„Ich habe dich nicht mehr gesehen seit unserem Qua-"

Ich unterbreche ihn, bevor er ein weiteres Wort sagen kann. „Es ist lange her", sage ich und zwinge mich zu einem Lächeln. „Thomas, das ist Mikhail." Ich stelle sie einander vor, achte aber darauf, Mikhail gegenüber nicht das Wort „Freund" zu benutzen. Ich bin mir nicht sicher, was wir sind. Selbst undercover haben wir unsere Beziehung noch nicht ganz geklärt.

„Ich bin der Partner von Madisyn", wirft Mikhail ein.

„Oh", sagt Thomas und seine Augen weiten sich. Denkt er, wir sind Partner beim FBI?

Mein Magen schlägt Purzelbäume. Ich muss ihn aufhalten, bevor er etwas sagt, das uns beide verraten könnte.

„Es war schön, dich wiederzusehen. Es sieht so aus, als ob deine Verabredung auf dich wartet", sage ich und zeige auf den Vordereingang, um ihm ein Zeichen zu geben, zu gehen.

Thomas folgt ihm schnell und schaut zur Tür. Ob er nun ein Date hat oder nicht, er scheint die Botschaft zu verstehen. „Es war schön, dich wiederzusehen,

Madisyn. Und es war schön, dich kennenzulernen, Mikhail. Pass gut auf sie auf."

„Das würde mir im Traum nicht einfallen", sagt Mikhail. Mit strengem Blick mustert er meinen Gesichtsausdruck und dann Thomas, der aus dem Restaurant geht.

In dem Moment, in dem Thomas das Restaurant durch die Vordertür verlässt, stürzt sich Mikhail mit seinem Verhör auf mich. „Worum ging es da?"

„Was?", frage ich unschuldig. „Thomas? Er ist nur ein alter Freund." Ich will nicht, dass er eifersüchtig wird. Ich weiß nicht, was er Thomas antun würde, wenn er sich in irgendeiner Weise bedroht fühlen würde.

Mikhail erhebt sein Weinglas. Er nimmt noch keinen Schluck. Sein Blick bleibt auf mir haften. „Woher kennt ihr euch, du und Thomas?"

Es fühlt sich an, als ob ich unter einer Wärmelampe stehe die hundert Grad heiß ist. „Wir haben uns auf dem College kennengelernt", sage ich und denke mir eine Ausrede aus. „Wir wohnten im selben Stockwerk im Wohnheim."

„Studentenwohnheim", sagt er. Er wirbelt den Wein im Glas herum, bevor er einen Schluck trinkt.

„Stimmt genau. Wir waren nur Freunde. Wir hatten ein paar Kurse zusammen."

„Und wo bist du zur Schule gegangen?", fragt er. Sein Blick strafft sich.

„Columbia University, in New York."

Mikhail stellt sein Weinglas zurück auf den Tisch. „Ich dachte, du kommst aus Ohio?"

„Ich bin in Ohio aufgewachsen. Meine Familie lebt dort, aber ich bin in New York zur Schule gegangen. Deshalb bin ich hierher zurückgekommen, um einen Job zu suchen."

„Um bei Thomas zu sein?"

„Was? Nein!" Ich lache über seinen absurden Gedankengang. „Ich bin hierher zurückgekommen, weil ich auf dem College in New York gelebt und die Atmosphäre der Stadt geliebt habe. Es ist ganz anders als in Cleveland." Ich nippe an meinem Wein und starre ihn fest an. „Ich habe dich nie für den eifersüchtigen Typ gehalten."

Mikhail strafft die Schultern und räuspert sich. „Wer hat denn gesagt, dass du eifersüchtig bist?"

„Es steht dir ins Gesicht geschrieben, deine Körpersprache, sogar die Fragen, die du mir stellst."

Ich atme tief durch. Ich muss mich beruhigen. Sich mit Mikhail zu streiten, wird mir bei meinem Auftrag nicht helfen. Ich muss an ihn herankommen und wenn ich ihn wegstoße, schade ich nur mir selbst und den Ermittlungen. Verdammt, ich würde mein Team im Stich lassen.

Eigentlich sollte ich erleichtert sein, dass das Abendessen fertig ist, aber stattdessen steigt die Spannung zwischen uns.

Während des Essens sieht er mich kaum an. Als ob ich ihn verraten hätte. Er weiß nicht, was ich getan habe und wer ich bin.

Es ist schwer zwischen uns, und nach der Hälfte des Essens, mit dem Steakmesser in der Hand, starrt er mich mit seinem Blick an. „Bist du vom FBI, Madisyn?"

Mein Mund ist trocken.

Thomas hat meine Tarnung auffliegen lassen.

Ich schlucke meine Nervosität hinunter. „Nein", sage ich und mein Blick trifft seinen. Ich zögere nicht und ducke mich nicht. Ich weigere mich zu blinzeln.

„Ich glaube dir nicht." Mikhail legt das Messer nicht weg.

Das würde er doch nicht hier, an einem öffentlichen Ort, benutzen, oder?

Noch hat er mich nicht körperlich bedroht, aber ich habe Angst davor, was er tun wird, wenn ich ihn nicht davon überzeugen kann, dass er sich irrt.

„Wie kommst du darauf, dass ich mit dem FBI zusammenarbeite, Mikhail? Du hast mich im medizinischen Zentrum gesehen. Ich bin Krankenschwester. Ich habe deinen Freund bandagiert. Du bist zu meiner Arbeit gekommen und hast mich tagsüber abgeholt. Glaubst du, wenn ich beim FBI wäre, würde ich mich in einem Ärztehaus herumtreiben?"

Er atmet leise aus, aber sein Gesichtsausdruck ist nicht überzeugend. „Warum klang es so, als wollte dein alter Kumpel Thomas sagen, dass er dich aus Quantico kennt?"

„Du irrst dich", sage ich. „Er wollte sagen, dass er mich von der Columbia kennt. Er hat seinen Satz nicht zu Ende gesprochen. Beides klingt ähnlich."

„Nein, tun es nicht." Mikhails Blick verlässt meinen nicht. „Es ist kein Zufall, dass dein Ex-Freund beim FBI arbeitet."

Ich kann nicht leugnen, dass Aaron ein Senior Special Agent für Wirtschaftskriminalität ist.

„Das ist alles, Mikhail. Ein Zufall."

Mikhail gibt der Kellnerin ein Zeichen, dass wir fertig sind. Es gibt keine Rechnung zu bezahlen, ein Vorteil, wenn man Miteigentümer des Lokals ist.

Er ist bereit zu gehen, und ich bezweifle, dass er mich nach Hause gehen oder frei herumlaufen lassen wird.

Ich bin so gut wie tot, wenn er glaubt, dass ich ihn verraten habe.

„Ich glaube nicht an Zufälle, *Kisa*. Ich war naiv, was deinen Ex-Freund angeht. Ich habe weggeschaut, weil ich dich mochte, und das war ein Fehler."

Er begleitet mich nach draußen, seine Hand um meine Taille geschlungen. Es gibt keine Chance, dass ich weglaufe. Ich spüre seine Waffe an meinem Rücken, als wir uns seinem Auto nähern.

„Steig ein", befiehlt er.

„Ich bin nicht dein Feind", sage ich.

Es ist die Wahrheit, aber wird er mir glauben?

Er öffnet die Hintertür und zerrt mich herum, wobei er meine Hände auf dem Rücken packt. Er fesselt sie mit einem Kabelbinder aus dem Handschuhfach, bevor er mich in das Fahrzeug schiebt.

Er ist nicht im Geringsten warmherzig oder sanft. Allerdings habe ich bei Mikhail noch nie einen dieser Charakterzüge erlebt. Er ist hart, und obwohl er mir gegenüber immer fair und vernünftig war, bezweifle ich, dass ich heute Abend in den Genuss dieser Eigenschaften kommen werde.

Er schiebt mich in den Wagen und knallt die Tür zu. Er beeilt sich, zum Fahrersitz zu kommen, startet den Motor und fährt vom Restaurant weg.

Er tritt kräftig aufs Gas und ich falle nach hinten gegen den Sitz.

Ich rutsche nach vorn und hebe unauffällig meine Arme, um meine Handgelenke nach unten aneinander zu schlagen und mich aus den Plastikfesseln zu befreien.

Ich habe vor Jahren in Quantico gelernt, wie man sich von Kabelbindern befreit, aber ich saß nicht auf dem Rücksitz eines Geländewagens und versuchte, mich unbemerkt zu befreien.

Mikhails Blick schießt ab und zu hoch.

Ich habe Glück, dass er mich nicht in den Kofferraum gestoßen hat. Wenn er mich bei einem Fluchtversuch erwischt, wird er mir eine Kugel in den Kopf jagen.

We drive past his home. Mikhail doesn't so much as slow down.

„Wo bringst du mich hin?", frage ich.

Er fährt entweder zu meinem Haus oder auf den Highway. Beides liegt in der gleichen Richtung, und wenn er auf den Highway fährt, bin ich so gut wie tot.

Keiner wird meine Leiche finden. Keiner wird je erfahren, was mit mir passiert ist.

Mikhail antwortet nicht.

Aber ich atme erleichtert auf, als er vor meinem Haus anhält. Vielleicht lässt er mich hier stehen, sagt mir, dass ich ihn nie wieder kontaktieren soll, und wir gehen getrennte Wege.

Könnte ich so viel Glück haben?

Er stellt den Motor ab und steigt aus.

Mikhail wartet einen Moment außerhalb des Fahrzeugs. Er telefoniert und schreibt jemandem eine SMS. Versucht er, Informationen über mich zu bekommen?

Verdammt!

Ich drehe mich auf meinem Sitz zur Seite und starre ihn aus dem Fenster an, während ich versuche, mich von den Kabelbindern zu befreien. Ich hebe meine Arme so hoch, wie möglich und schwinge nach unten und außen, um die Fesseln zu lösen.

Es brennt, aber das ist es wert.

Mikhail schiebt sein Handy in die Tasche und öffnet die Hintertür, bevor ich reagieren kann.

Er packt mich am Arm und bringt mich gewaltsam zu meiner Haustür. „Wie ich sehe, hat sich jemand aus den Fesseln befreit." Seine Oberlippe zittert, als ob er sich vor mir ekeln würde. „Schlüssel." Er sagt es, als wäre es ein Befehl.

„Er ist in meiner Handtasche", sage ich und halte die kleine Handtasche in der Hand.

Er reißt sie mir aus der Hand, öffnet den Reißverschluss und kramt darin herum, bis er zufrieden ist, bevor er sie mir wieder zuschiebt.

„Du hast ihn gefunden", grunzt er.

Suchte er nach meinem Schlüssel oder nach einer Waffe in meiner Handtasche?

Draußen ist es dunkel, aber ich kann meinen Schlüssel ohne große Schwierigkeiten finden. Ich schließe die Haustür auf und stoße die Tür auf.

Mikhail ist mir auf den Fersen. Er stupst mich an und folgt mir ins Haus.

Wird das FBI hier meine Leiche finden? Wenigstens habe ich eine Waffe in meiner Wohnung versteckt. Aber die ist in meinem Schlafzimmer. Es gibt zwar eine Überwachungsausrüstung, aber ich bezweifle, dass das FBI jeden meiner Schritte beobachtet, schon gar nicht zu so später Stunde.

„Was machen wir hier, Mikhail?", frage ich und drehe mich zu ihm um. Ich lege meine Handtasche auf den Tresen und schlüpfe aus meinen Schuhen.

„Ich muss wissen, ob ich dir vertrauen kann, und ich glaube nicht, dass ich das kann", sagt er. Er kommt näher und dringt in meinen persönlichen Bereich ein.

Ich sollte zurückweichen, mich ducken.

Aber ich tue es nicht. Ich starre hoch in seinen unerschütterlichen Blick. Seine Hände sind zu Fäusten geballt, und er ist wütend. „Du hast mich verraten!"

„Ich weiß nicht, wovon du redest", sage ich. „Ich arbeite für Steele Concierge Medical."

Er schnaubt. „Ja, das willst du mir weismachen. Ich habe meine Männer beauftragt, dich noch einmal zu überprüfen. Sie graben tiefer in deiner Vergangenheit." Er winkt mir mit seiner Waffe zu. „Setz dich auf das Sofa."

„Mikhail-"

Er unterbricht mich, bevor ich noch etwas sagen kann, und schubst mich rückwärts auf die Couch. „Ich sagte, setz dich", bellt er.

„Ich bin keiner deiner Männer, die du herumkommandieren kannst."

Er schnaubt leise vor sich hin. „Nein, du hast recht. Meine Männer sind mir mehr wert als du, kleines Mädchen."

„Ich bin kein kleines Mädchen!" Ich knurre ihn an, springe auf und stürme zur Tür.

Er packt mich an der Taille.

„Lass mich los!", rufe ich und ducke mich aus seinem Griff, trete ihm auf den Zeh und schlage ihm mit dem Knie in die Leiste.

Mikhail knurrt mich an. „Das reicht jetzt!" Er hebt seine Waffe an meine Stirn. „Gib mir keinen Grund mehr. Deine Zeit ist schon längst abgelaufen."

„Du willst mich also umbringen?" Ich sollte Angst haben. Jeder vernünftige Mensch würde zittern und um sein Leben betteln.

„Das sollte ich", sagt Mikhail und drängt mich, mich wieder auf die Couch zu setzen.

Als ich gehorche, senkt er seine Waffe zur Seite. Er hat sie immer noch in der Hand. Ich könnte ihn entwaffnen, aber er könnte mich bei meinem Versuch auch erschießen. Er ist durchtrainiert und kein gewöhnlicher Schläger mit einer Waffe.

Er ist Bratva.

Er ist ein skrupelloses Monster. Ich wurde gewarnt, vorsichtig zu sein, ihn dazu zu bringen, mir zu vertrauen, und ihm nicht zu nahezukommen.

Mit ihm zu schlafen war nicht Teil des Plans, und ich kann meinen Kollegen auf keinen Fall erzählen, was wir getan haben. Nicht, wenn ich meinen Job behalten will, wenn die Sache vorbei ist. Vorausgesetzt, ich bin noch am Leben und Mikhail hat mich nicht selbst umgebracht oder einen Anschlag auf mich angeordnet.

„Aber das wirst du nicht?" Ein Fünkchen Hoffnung macht sich in meiner Brust breit. „Du sorgst dich um mich", sage ich.

„Ich kümmere mich nicht um eine Ratte."

Ich habe dem FBI noch nichts gesagt. Zumindest noch nicht. Ich habe sein Vertrauen nicht missbraucht, abgesehen davon, dass ich die

Wahrheit verschleiert und gelogen habe, wer ich bin.

Aber er wird das nicht so sehen. Soll ich reinen Tisch machen? Sage ich ihm die Wahrheit?

Er wird mich wahrscheinlich umbringen, aber vielleicht habe ich es verdient.

„Du hast recht. Ich arbeite für das FBI", sage ich.

ZEHN

Mikhail

Madisyn hat mich betrogen. Die kleine Schlampe ließ mich glauben, dass sie eine Krankenschwester ist. Vielleicht ist sie das, aber sie ist auch eine hinterhältige FBI-Agentin.

Ich kann ihr nicht trauen.

Ich sollte sie nicht einmal am Leben lassen. Sie weiß zu viel. Sie ist eine Gefahr für die Bratva.

„Beweg dich nicht", knurre ich sie an, während sie auf dem Sofa sitzt. Ihre Hände sind vor ihrem Körper verschränkt.

„Willst du mich umbringen?", fragt Madisyn.

Ihre Stimme ist sanft und zaghaft. Es ist ein Trick. Sie versucht, mich dazu zu bringen, etwas für sie zu empfinden.

Aber ich fühle mich nur kalt und leblos.

Ich ekele mich vor mir selbst, weil ich ihr vertraute. Sie ist eine Fremde, und ich habe sie blindlings in mein Haus gelassen. Ich habe ihr vertraut, und das ist meine Last, die ich zu tragen habe.

„Das scheint eine einfache Lösung für ein schwieriges Problem zu sein", murmle ich.

Die Wahrheit ist, dass ich sie nicht umbringen will, aber sie hat mich angelogen. Aber ich weiß nicht, warum. Arbeitet sie verdeckt für die Bundespolizei, um mich zu Fall zu bringen? Oder ist sie eine Gerichtsmedizinerin? Vielleicht ist es auch etwas dazwischen und wir sind uns nur zufällig über den Weg gelaufen.

Nein.

Sie ist nicht unschuldig.

Ich glaube nicht, dass wir uns nur zufällig getroffen haben.

„Hatte dein Auto eine Panne?" Ich bin sicher, dass es das war. Sie hat eine Schrottkarre gefahren. Ich schaue mich im Haus um. Es ist kahl und unpersönlich. „Das ist nicht dein Zuhause." Das ist eine Feststellung, keine Frage.

Sie antwortet mir nicht.

Madisyn hat Angst vor mir. Sie starrt zu mir hoch. Ihre Unterlippe zittert, aber sie beißt darauf. Sie versucht, ihre Angst zu verbergen.

Sie sollte sich vor mir fürchten. Ich könnte sie lebendig begraben und niemand würde ihre Leiche je finden.

Sie schweigt. Wahrscheinlich ist ihr klar, dass alles, was sie sagt, sie noch mehr belasten und mir noch mehr Munition geben würde. Nicht, dass ich noch mehr bräuchte.

Ich habe genug, um sie zu hängen.

„Warum?", frage ich. Ich fuchtle mit meiner Waffe vor ihr herum und verlange Antworten.

Sie stößt einen leisen Atemzug aus. „Was denkst du? Du bist Bratva."

„Du bist ein beschissener Agent." Ich will ihr wehtun. Es beginnt mit bissigen Beleidigungen. Ich warte ab, bis ich von meinen Männern höre. Bevor ich sie töte, muss ich wissen, welche Informationen sie weitergegeben hat und was mit ihr stirbt.

Sie presst die Lippen aufeinander und verschränkt die Arme vor der Brust. „Ich habe dich getäuscht. Du dachtest, ich sei in dich verliebt."

Ihre Bemerkung sollte mich verletzen, aber ich weiß es besser. Ich lehne mich näher zu ihr und dringe in ihren persönlichen Raum ein. „Du hast mich mit deiner feuchten Muschi angefleht, dich zu ficken."

Sie schiebt sich auf dem Sofa weiter nach hinten und in die Ecke, um Abstand zu halten. „Und du konntest nicht erkennen, ob eine Frau es vorgetäuscht hat oder nicht."

„Du bist eine beschissene Lügnerin." Auf keinen Fall hat sie einen Orgasmus vorgetäuscht. Darauf würde ich mein eigenes Leben verwetten.

„Ich? Du dachtest, du könntest mir vertrauen", sagt Madisyn. „Ich habe mich in dein Haus und dein Bett geschlichen. Ich bin nicht so scheiße, wie du denkst."

Meine Hände ballen sich zu Fäusten, und sie verdeckt ihr Gesicht.

Sie hat Angst vor mir.

Ich sollte mich darüber freuen, dass ich sie gebrochen habe. Aber stattdessen brennt es in meinem Inneren wie ein Inferno.

Die Türklingel läutet.

Wahrscheinlich ist es einer ihrer FBI-Freunde, der nach ihr sieht. Oder vielleicht ihr Ex-Freund. War er ihr Ex, oder war das ein Trick?

Ich schaue aus dem Fenster und erkenne das Fahrzeug vor der Tür. Es ist dieser dumme Ex-Freund.

„Mach auf", sage ich und winke ihr mit meiner Waffe. „Aber keine faulen Tricks." Ich gebe ihr ein Zeichen, dass sie zur Tür gehen soll.

Sie atmet zitternd aus und klettert vom Sofa.

„Madisyn, ich bin's. Opener." Aarons Stimme ist gedämpft, aber immer noch deutlich genug, um seine Worte durch die Tür zu hören.

Ich stehe hinter der Tür, die Waffe in der Hand. „Werd ihn los", flüstere ich. „Aber ich schwöre, wenn du etwas tust, das darauf hindeutet, dass ich hier bin, seid ihr beide tot."

„Das werde ich nicht", sagt sie leise, bevor sie die Tür aufschließt. Sie öffnet sie nur ein paar Zentimeter. „Jetzt ist kein guter Zeitpunkt, Aaron."

„Lass mich rein", sagt Aaron. „Ich weiß, dass er hier ist. Sein Wagen steht draußen."

Dieses Arschloch wird doch nicht abhauen, oder?

Ich reiße die Tür auf und richte meine Waffe auf ihn. „Komm rein!" ‚befehle ich bellend.

Aaron wirft seine Arme in die Luft. „Hey, es muss niemand verletzt werden. Ich bin nur zum Reden hier."

„Reden?" Das ist keine Geiselverhandlung. Es muss nicht geredet werden. Nicht mit ihm. Er ist einer der Feinde. „Geh rein."

Er behält seine Hände oben und Madisyn tritt einen Schritt zurück, um ihn ins Haus zu lassen.

Ich schließe die Tür mit meinem Fuß und taste ihn ab, um sicherzugehen, dass Aaron keine Waffe bei sich trägt.

„Schließ die Haustür ab.", befehle ich Madisyn. „Mach die Jalousien zu", befehle ich, für den Fall, dass andere Bundesagenten in der Nähe sind.

Gehorsam befolgt sie meine Anweisung. Liegt es daran, dass ich mit einer Waffe herumfuchtle? Sicher nicht, weil sie mir gegenüber loyal ist.

Ich werfe einen Blick auf Aaron und Madisyn.

Ich habe den heutigen Abend nicht mit der Absicht begonnen, Geiseln zu nehmen. Aber genau das ist aus dieser Scheiße geworden.

Verdammt noch mal.

Ich brauche keine zwei toten Bundesagenten und ihre Chefs, die an meiner Tür schnüffeln. Normalerweise würde ich diesen Job an Dmitri oder Nikita delegieren. Aber heute bin ich auf mich allein gestellt.

Das habe ich mir selbst zuzuschreiben, aber ich werde nicht mit einem Bein im Grab stehen.

Aaron schreitet durch das Wohnzimmer und stellt sich vor Madisyn. Ich bin mir nicht sicher, ob er denkt, dass er sie beschützt, oder ob er sie einfach nur in seine schmutzigen Pfoten bekommen will.

„Du liebst diesen Kerl doch nicht wirklich?" Aaron zeigt mit dem Daumen in meine Richtung. „Du weißt doch, dass er ein Bratva ist, oder?"

Ich bin mir nicht sicher, ob er wirklich so ahnungslos ist, wie er behauptet, oder ob er versucht, Madisyn vor mir zu retten.

Ich entsichere meine Waffe und richte sie auf Aarons Kopf.

„Warte!" Madisyn wirft sich zwischen Aaron und meine Waffe.

Glaubt sie, dass ich sie nicht erschießen werde? Denn es würde nicht viel brauchen, um den Abzug zu drücken.

Schweiß glänzt auf ihrer Stirn. Und sie atmet schwer.

Sie ist nervös.

„Du beschützt ihn?" Ich kann mir nicht erklären, warum sie bereitwillig eine Kugel für den grauhaarigen Agenten abwehrt.

Ist sie immer noch in ihn verliebt?

Mein Finger zuckt am Abzug. Ein Anflug von Eifersucht trifft mich wie ein Stich in den Bauch.

„Bitte, tu das nicht, Mikhail." Ihre Stimme ist sanft und tröstlich. Ihr Blick bleibt unentwegt an mir haften. Ihre Worte reißen mich aus meiner Träumerei. „Das FBI hat nichts gegen dich in der Hand. Du bist ein freier Mann. Wenn du Aaron tötest, werden sie dich für immer ein

sperren."

Ich habe nicht die geringste Angst vor einer Gefängnisstrafe. Ich habe bereits einen Prozess hinter mir und bin davongekommen.

„Ist es nicht das, was du willst? Mich hinter Gitter bringen." Warum hätte sie sonst meine Familie infiltriert?

Madisyn stößt einen schweren Seufzer aus und ihre Augen verweilen auf meinen Lippen, bevor sie meinen Blick erwidert. „Du hast nichts falsch gemacht. Wenn du Aaron oder mich tötest, ändert sich alles."

Sie hat nicht Unrecht.

Madisyn hat nichts gegen mich in der Hand. Die Ermittlungen des FBI sind wertlos. Ich bin zuversichtlich, dass ich ihr keine Anhaltspunkte gegeben habe, die sie gegen meine Männer oder mich verwenden kann. Und wenn sie in den Besitz des USB-Stick käme, wäre alles vorbei.

Sie hebt ihre Hand, und ihre Finger streifen meine Wange.

Ich möchte sie küssen, sie verschlingen, sie auf das Bett drücken und ihr zeigen, wer hier das Sagen hat.

Sie stellt sich auf ihren Zehenspitzen und streift mit ihren Lippen über meine. Sie hat eine beruhigende Wirkung auf mich, wie eine Droge, die meinen Kopf verwirrt.

Mein Griff um die Waffe bleibt fest, aber als ich sie küsse, entsichere ich sie und lasse sie an meine Hüfte fallen.

Ich vertiefe den Kuss, beiße ihr auf die Lippe und höre ihr Wimmern, das meinen Schwanz erregt. Ich will sie ficken und ich würde gerne das Arschloch hinter mir dabei zusehen lassen.

„Bitte, ich weiß, dass du kein Monster bist. Irgendwo, tief in deinem Inneren, liegt dir etwas an mir. Und ich behaupte mal, dass das immer noch so ist. Sonst hättest du uns beide schon umgebracht."

Sie versucht, eine Verbindung zu mir aufzubauen, und ich verstehe das. Das ist ihre Art, um ihr Leben zu betteln. Sie ist keine Frau, die auf Händen und Knien um Vergebung bettelt.

Madisyn hält sich gerne für mir ebenbürtig. Aber das ist sie nicht.

Sie gehört zum FBI, und deshalb können wir nicht mehr als Fremde sein. Wir sind dazu bestimmt, Feinde zu sein.

„Geh nach Hause", sagt sie und legt ihre Hand auf meine Brust. Ihre Berührung ist tröstlich und friedlich. „Bevor wir uns im Krieg miteinander befinden. Ob du es glaubst oder nicht, ich will nicht, dass dir etwas zustößt."

„Wir befinden uns bereits im Krieg."

Ich entziehe mich ihrem Griff und werfe einen Blick hinter sie auf Aaron. Er hat Glück, dass Madisyn mich davor bewahrt hat, ihm eine Kugel in den Kopf zu jagen. Ich schlendere zur Tür, drehe den Schlüssel im Schloss um und reiße sie auf.

Ohne ein Wort gehe ich zu meinem Auto und lasse Madisyn mit ihrem Ex-Freund zurück. Hoffentlich ist er ein besserer Mann als ich.

Sie hat etwas Besseres verdient, auch wenn ich sie für ihren Verrat verabscheue.

ELF

Madisyn

„Was zum Teufel war das?" Aaron ist sofort bei mir, als ich die Tür schließe. Ich habe gerade das Schloss gesichert, um sicherzustellen, dass Mikhail seine Meinung nicht ändert.

Aaron ist direkt vor mir. Er ist größer als ich, und während zwischen Mikhail und mir eine wahnsinnige Chemie herrschte, ist sie bei Aaron unerwidert.

Oder besser gesagt, ich mochte ihn, bevor ich den echten Aaron Moore kennengelernt habe. Die Person bei der Arbeit ist ganz anders als der Mann, wenn er das Büro verlässt.

„Was?" Ich versuche, die Situation zu entschärfen. Ich will nicht, dass er weiß, was los ist und Mikhail belästigt. Wenn ich beenden kann, was ich angefangen habe, dann soll es so sein.

„Stell dich nicht dumm, Madisyn. Du bist nicht wirklich eine Blondine."

„Du bist so ein Arschloch." Ich hätte ihn mit Mikhail vor die Tür setzen sollen.

Mikhails Autotür knallt zu, der Motor springt an und heult auf. Jeden Moment wird er weg sein, aber ich bin mir nicht sicher, ob ich mich sicherer fühle. Nicht, solange Aaron noch in meinem Haus ist.

„Ich? Wieso bin ich das Arschloch? Ich bin hergekommen, um dich zu warnen, dass dein neuer Freund bei der Bratva ist. Was zum Teufel ist hier los? Ist er ein Auftrag oder dein neuer Lustknabe?"

Ich trete einen Schritt zurück.

„Ich mache das nicht mit dir."

Der Motor heult wieder auf und ich bin mir sicher, dass Mikhail gerade abgefahren ist.

Erleichterung ist nicht das, was ich fühle.

In meiner Magengrube lullt mich die Angst ein.

Hoffnungslosigkeit. Wut. Furcht.

Aaron ist kein guter Kerl. Sicher, er arbeitet für das FBI, aber es gibt viele schlechte Agenten, genauso wie es viele schlechte Samen gibt. Ich habe es nur nicht gesehen, bevor es zu spät war.

„Du musst gehen", sage ich und gehe zur Haustür.

Aaron rennt hinter mir her und packt mich am Arm, sein Griff ist stark und kraftvoll, als er mich herumreißt.

Ich zucke zusammen, weil er so stark ist und einen Abdruck auf meinem Arm hinterlassen wird. „Lass mich los!" Ich schlage seinen Arm nieder und stoße ihn zurück, meine Hände fest gegen seine Brust.

„Du willst es auf die harte Tour?" Er kommt näher heran. „Warst du deshalb mit Mikhail Barinov zusammen? Weil du es gerne grob und schmutzig in den Laken hast?"

„Du weißt nicht, wovon du redest." Ich weigere mich, ihm etwas zu sagen. Es ist klar, dass er aus der Operation herausgehalten wurde und sein gesamtes Team versetzt wurde. Warum ist das so? Was hat er getan, dass er in Schwierigkeiten geraten ist? Wieso ist er überhaupt noch ein Agent?

„Ich weiß, dass du nur eine weitere Kerbe an Barinovs Bettpfosten bist. Du bedeutest ihm nichts."

„Raus!", schreie ich Aaron an und befreie mich aus seinem Griff. Ich stürme zur Tür, um ihn hinauszuwerfen, aber er ist schneller.

Es hilft nicht, dass er größer ist und seine Schritte schneller werden. Er packt mich an den Haaren und zieht mich zu sich heran.

Aaron lehnt sich dicht an mein Ohr. „Ich dachte, du magst es hart. Ist das nicht der Grund, warum du mit dem Bratva-Boss schläfst?" Er holt tief Luft und atmet meinen Duft ein. „Hast du es satt, mit deinem alten FBI-Boss zu schlafen und aufzusteigen?"

„Ich weiß nicht, was ich jemals in dir gesehen habe." Ich knalle meinen Absatz auf seine Zehen und stoße meinen Ellbogen rückwärts in seine Leistengegend. „Lass mich los und verschwinde aus meinem Haus."

„Niemand sagt mir, wann ich zu gehen habe." Sein Griff um mein Haar lockert sich nicht und er knallt mein Gesicht gegen die Tür.

„Du verdammtes Arschloch!"

„Nein, das ist ja das Problem. Du fickst nicht mit mir. Du schläfst mit ihm." Aaron lässt seinen Griff um mein Haar los und ich trete einen Schritt zurück, um Abstand zwischen uns zu halten, während ich die Haustür öffne.

„Ich kann nicht glauben, dass ich jemals mit dir geschlafen habe", murmle ich.

„Glaub es ruhig, Süße. Und glaub mir, wenn ich sage, dass das mit uns noch nicht vorbei ist. Du wirst zu mir zurückgekrochen kommen, wenn du merkst, dass Barinov zu gut für dich ist."

Aaron geht nach draußen auf die Veranda. Kaum ist er draußen, knalle ich ihm die Tür vor der Nase zu, damit er nicht wieder reinkommt. Ich will ihn nie wieder sehen, aber so viel Glück habe ich nicht.

―――――

Am nächsten Morgen mache ich mir nicht die Mühe, ins Steele Concierge Medical zu gehen. Was soll das bringen? Meine Tarnung ist aufgeflogen.

Ich packe meine Sachen zusammen, auch den USB-Stick, und gehe nach draußen, um auf ein Taxi zu warten. Mein Handy wurde seit dem Regen nicht mehr ersetzt, aber das Festnetztelefon im Haus funktioniert. Ich hätte nie gedacht, dass ich mal dankbar sein würde, einen erreichbaren Festnetzanschluss zu haben.

Der Donner hallt in der Ferne wider und Blitze erleuchten den Himmel. Ich schnappe mir den Regenschirm und öffne ihn, als die ersten Regentropfen auf mich niederprasseln.

Ich eile zum Taxi, werfe meine Tasche auf den Rücksitz und fahre zum FBI-Hauptquartier in der Innenstadt.

Die riesige Sonnenbrille im Regen sieht komisch aus, aber ich versuche, das blaue Auge zu verbergen, das Aaron mir gestern Abend verpasst hat. Ich habe es mit etwas Concealer versucht, aber das hat nicht ausgereicht, um den Fleck zu verbergen, den er hinterlassen hat.

Ich kann die Sonnenbrille im Büro nicht tragen. Es ist viel zu dunkel. Ich nehme sie ab, behalte sie aber in der Hand, als ich aus dem Aufzug steige.

Ich will nicht hier sein.

Ich würde lieber Bettpfannen putzen und Patienten im medizinischen Zentrum betreuen. Vielleicht hätte ich dort weiterarbeiten sollen, schon allein, um mich von Aaron fernzuhalten.

Ich hätte das Taxi zu mir nach Hause nehmen sollen, aber da die Gefahr bestand, verfolgt zu werden, wollte ich direkt ins Büro kommen. Vor dem Haus sah ich jedoch keine Spur von Mikhail oder seinen Männern.

„Oh mein Gott! Was ist denn mit dir passiert?" Savannah sieht mich sofort, als ich aus dem Aufzug steige. Sie stürmt auf mich zu, eine Akte in der Hand, aber sie öffnet ihre Arme, um mich zu umarmen. „Geht es dir gut? Hat dir dieser Mistkerl Mikhail das angetan? Ich schwöre, ich werde ihn persönlich umbringen."

„Lange Geschichte", sage ich und atme schwer aus. Mein Blick wandert zu Aaron.

Er ist in seinem Büro, eine Tasse Kaffee in der Hand. Er schlendert hinaus und geht direkt auf Savannah und mich zu. „Guten Morgen." Er kommt näher, beugt sich zu mir herunter, dringt in meinen persönlichen Bereich ein und schaut sich den Abdruck, den er hinterlassen hat, genau an.

„Autsch. Hat dein Freund das getan?"

„Ich muss mit Kingston sprechen", sage ich, drehe mich um und gehe den Flur entlang.

Savannah lässt mich in Ruhe. Aaron läuft mir hinterher.

„Hast du vor, ihm von letzter Nacht zu erzählen?", fragt Aaron. Er spricht leise, während er mich den Flur entlang in Richtung des Büros unseres Chefs begleitet. An der Tür steht „Supervisory Special Agent Barrett Kingston".

Es ist geschlossen, aber die Türen und Wände sind alle aus Glas. Die Jalousien sind offen und Barrett bittet mich mit einer Geste, hereinzukommen.

„Wegen gestern Abend? Hast du Angst, dass ich ihm erzähle, dass du mich mit dem Gesicht gegen die Tür geknallt hast und ich deshalb heute Morgen mit einem blauen Auge hereingekommen bin?"

Aarons Blick verkrampft sich und seine Hände ballen sich zu Fäusten. „Das willst du nicht tun, Madisyn."

„Und sag mir, warum zum Teufel nicht? Ich sollte dich wegen Körperverletzung anzeigen."

Er lacht über meine Drohung. „Körperverletzung? Ich habe deinen Arsch vor deinem gören- haften Freund gerettet. Du weißt schon, dass du aus dem Büro fliegen kannst, wenn du dich mit Kriminellen abgibst."

„Du bist so ein Arsch." Ich habe keine Lust mehr, mit ihm zu reden. Ich reiße die Tür zu Kingstons Büro auf und trete ein, dankbar, dass Aaron mir nicht folgt.

„Agent Carter, ich bin überrascht, Sie heute Morgen in meinem Büro zu sehen."

Er steht von seinem Schreibtisch auf und schließt die Tür hinter mir.

„Bitte, nehmen Sie Platz", sagt er.

Ich atme nervös aus und tue, worum ich gebeten werde. „Du hast heute Morgen ein ziemliches Veilchen. Bist du deshalb aus deiner Deckung gekommen und ins Büro gegangen?"

„Ich nehme an, niemand hat die Videoaufzeichnung von letzter Nacht gesehen."

„Nein, wir haben das Überwachungsmaterial von gestern noch nicht durchgesehen. Gibt es etwas, nach dem wir suchen sollten?" Barrett kommt zu mir und setzt sich an den Rand seines Schreibtisches. „Vielleicht ein Streit?"

„Das ist nicht von Mikhail", sage ich und zeige auf mein Gesicht.

„Ach nein?"

Ich werfe einen Blick zum Fenster. Aaron steht im Flur und spricht mit James, einem Außendienstmitarbeiter.

Ich habe versucht, das, was zwischen uns passiert ist, geheim zu halten. Ich wollte nicht, dass jemand denkt, ich hätte eine Sonderbehandlung vom Chef bekommen oder würde versuchen, die Karriereleiter hochzuklettern.

Aber er ist zu weit gegangen.

„Wie läuft der Undercover-Einsatz?" fragt Kingston. Er lenkt das Gespräch von meinem sichtbaren blauen Fleck weg und zurück auf den Fall. „Gibt es neue Informationen, die wir über die Barinovs und ihre Organisation verwenden können?"

„Die Bratva ist gut darin, Geheimnisse zu bewahren", sage ich. Der Stick ist in meiner Manteltasche vergraben. Ich bin noch nicht bereit, ihn aufzugeben und dem FBI zu übergeben, zumindest noch nicht.

„Und du bist jetzt hier, weil etwas passiert ist. Etwas anderes als das blaue Auge." Kingston versucht sich einen Reim darauf zu machen, warum ich im Büro bin, was gegen das Protokoll verstößt. Er könnte mich anschreien, weil ich hier auftauche, aber stattdessen ist er ruhig, wenn auch zu ruhig.

„Meine Tarnung ist aufgeflogen, Sir."

„Wie ist das passiert?" fragt Barrett. Er lehnt sich nach vorn, die Hände auf seiner Hose.

„Jemand hat mich aus Quantico erkannt, ein anderer Agent." In diesem Moment wurde Mikhail klar, dass ich ihn die ganze Zeit angelogen habe. „Wir waren beim Abendessen und er kam zu uns an den Tisch. Ich habe versucht, das Gespräch abzuwenden, aber Mikhail wäre nicht der Boss geworden, indem er schwer von Begriff gewesen wäre."

Barrett streicht sich über den Kiefer, interessiert an der Wendung der Ereignisse. „Und er hat dich am Leben gelassen?"

„Ich bin jetzt hier", sage ich. Ich erzähle ihm nicht, wie brenzlig es gestern Abend war und dass ich dachte, er würde mir oder Aaron oder vielleicht auch uns beiden eine Kugel in den Kopf jagen.

„Ich bin froh, dass du in Sicherheit bist. Ich möchte, dass du Savannah über die Mission unterrichtet, damit wir keine Details übersehen."

„Da gab es nicht viel, Sir. Ich konnte keine Informationen über die Intelligenz sammeln. Seine Männer waren nie in der Nähe, wenn es um berufliche Verpflichtungen ging. Ich wurde im Dunkeln gelassen."

„Wie sieht es in dem medizinischen Zentrum aus? Gibt es dort etwas?"

„Das Kartell ist aufgetaucht und einer ihrer Männer wird im zweiten Stock behandelt." Das ist nichts, was das Team nicht auch selbst hätte herausfinden können.

„Ist die Bratva für diesen Vorfall verantwortlich?"

„Ich habe keine Ahnung. Mikhail schien wirklich überrascht zu sein, als das Kartell im Krankenhaus auftauchte." Ich habe den Teil ausgelassen, in dem sein Mann blutete und ich ihn zu seinem Haus begleitete, um ihn zu flicken.

Manche Details sind nicht unbedingt nötig.

Es ist nicht so, dass ich Mikhail beschützen will. Es gibt nur keinen Grund, näher darauf einzugehen, was passiert ist. Es hat keinen Einfluss auf den Fall oder die Ermittlungen.

Okay, vielleicht beschütze ich ihn ein wenig.

Er hat den Abzug nicht betätigt. Er hätte mich töten können. Ich bin wahnsinnig, weil ich ihn verteidige, aber er ist nicht annähernd so schlimm wie Aaron Moore.

Mikhail hat mir nie ein blaues Auge verpasst. Nicht ein einziges Mal hat er mich verletzt.

Manchmal sind die Monster direkt vor uns, verstecken sich, warten und sind bereit, ihren nächsten Schritt zu machen. Ich bin an Dämonen gewöhnt.

„Sonst noch was?" fragt Barrett.

Ich verrate weder, dass ich mit Mikhail geschlafen habe, noch dass ich den USB-Stick besitze. Ich sollte ihnen beides sagen. Auch wenn das erste meinen Ruf schädigen könnte, habe ich es für den Job getan. Oder?

Ich habe es nicht getan, weil ich mit Mikhail Sex haben wollte. Ich bewege mich unbehaglich.

Allein der Gedanke daran, wie er mich fickt, erregt mein Inneres und durchflutet mich mit Wärme.

Ist es heiß hier drin?

„Ich habe nichts bekommen", sage ich. „Er hat mich in sein Haus geführt, war freundlich und hat eine höfliche Fassade aufgesetzt. Vielleicht hat er von Anfang an geahnt, dass man mir nicht trauen kann."

Schwöre mir, dass du loyal bist.

Mikhails Worte wiederholen sich in meinem Kopf.

Ich sollte ihn verraten. Er ist der Teufel.

Barrett nickt und steht auf. „Gut, du wirst alles mit Savannah durchgehen. Gibt es sonst noch etwas, das du besprechen möchtest?"

„Nein, Sir."

„Bist du sicher?" Er ragt über meinen Kopf hinaus. Ich fühle mich durch seine Anwesenheit nicht bedroht, aber wenn Aaron in meiner Nähe ist. Barrett ist eher wie ein Vater, der auf seine Tochter herabblickt und darauf wartet, dass sie ihre Geheimnisse ausplaudert.

Aber meine sind tief im Inneren eingeschlossen, wo niemand wissen soll, was passiert ist.

Die Überwachungsvideos.

Ich möchte die Beweise für den Angriff vernichten.

Aber ich kann es nicht.

Genauso wie ich den USB-Stick nicht hergeben kann.

Ich werde alles tun, um meinen Ruf zu schützen, Mikhail ist auf dem Band zu sehen, wie er zwei FBI-Agenten mit einer Waffe bedroht, aber ich will nicht riskieren, für die Manipulation von Beweisen ins Gefängnis zu kommen.

Aber der USB-Stick, niemand muss wissen, dass ich ihn aus Mikhails Haus gestohlen habe. Er wird verschwinden.

———

Nachdem ich mit Savannah die Einzelheiten des Undercover-Einsatzes besprochen habe, gehe ich ins Labor, um mir das Überwachungsmaterial anzusehen.

Das ist ein Druckmittel gegen Aaron. Ich will zwar nicht, dass herauskommt, dass wir miteinander geschlafen haben, aber vielleicht haben wir keine andere Wahl.

Aaron ist gefährlich. Das war er nicht, als wir uns das erste Mal trafen, oder vielleicht war ich zu naiv, was die Gefahr angeht. Ich arbeitete unter ihm und tat, was er verlangte, egal, was es bedeutete. Meistens waren es professionelle Anfragen, aber es gab auch Zeiten, in denen die Dinge hitzig und leidenschaftlich wurden.

Er strahlte Macht aus, und ich tat was er von mir verlangte.

Nie wieder.

Ich öffne die Tür, und Aaron kommt aus dem Labor heraus. Mir stockt der Atem. „Suchst du nach Beweisen?", flüstert er mir im Vorbeigehen ins Ohr.

„Was?"

„Der kleine Streit im Haus wurde leider nicht aufgezeichnet."

„Du hast Beweise gefälscht?" Meine Stimme versagt..

Das hat er nicht, so etwas würde er nicht tun.

Das Justizministerium hat eine eigene Ermittlungsabteilung für Mitarbeiter, die im Verdacht stehen, gegen die Verhaltensregeln des FBI zu verstoßen: das Office of Professional Responsibility, O.P.R.

Ich hätte das Band gegen ihn verwenden können, aber jetzt ist es verschwunden. Ohne Beweise würde sein Wort gegen meins stehen. Er würde wahrscheinlich alles Mikhail in die Schuhe schieben.

„Ich habe nichts getan", sagt Aaron mit einem Glitzern in den Augen. „Eine der Sicherungsfestplatten ist ausgefallen und hat die Daten von gestern nicht gespeichert. Das ist eine Schande." Er schlendert an mir vorbei und strahlt vor Stolz.

Ich würde ihn am liebsten umbringen.

Aber ich bin kein Mörder.

Ich kenne einen Mann, der zur Brutalität und Grausamkeit fähig ist. Aber ich bin nicht die Person, die einen Auftragsmord anordnen würde.

Ich bin ein Bundesagent.

Ich sollte auf der richtigen Seite des Gesetzes stehen. Aber warum fühlt es sich dann so falsch an, im Recht zu sein?

Ich mache mich auf den Weg zum Mittagessen und bin froh, dass der Tag schon halb vorbei ist und ich mich heute Abend mit einem guten Buch ins Bett verkriechen kann. Ich brauche eine Nacht für mich, um abzuschalten und zu entspannen.

„Willst du Gesellschaft?" , fragt Savannah, als ich meine Computerkonsole abschließe.

„Klar, wenn es dir nichts ausmacht, im Regen herauszugehen."

Draußen ist es dunkel, die langen, malerischen Fenster lassen es so aussehen, als ob es Nacht wäre, aber es liegt daran, dass es stürmt.

„Willst du dir nicht etwas von unten holen?", schlägt sie vor.

Ich möchte nicht in Aarons Nähe sein, aber das ist nichts, was ich mit Savannah bei der Arbeit besprechen möchte.

„Es ist nur ein bisschen Regen."

Savannah kichert. „Du wirst noch nass werden. Bring mir etwas mit, egal was."

Ich schnappe mir meinen Regenschirm und gehe runter zum Aufzug. Die Lichter flackern und ich schimpfe. Ich schwöre, wenn ich im Aufzug festsitze, anstatt ein schönes, ruhiges Mittagessen allein zu genießen, werde ich mürrisch sein.

Ich könnte die Treppe nehmen, aber ich bin hungrig und will es schaffen, bevor die anderen zum Mittagessen kommen, obwohl es wegen des Sturms vielleicht ruhig sein könnte.

Zum Glück bleibt der Aufzug nicht stecken, und ich komme in den Genuss, im Regensturm durchnässt zu werden.

Ich eile mit meinem Regenschirm nach draußen. Er schützt mich kaum vor dem sintflutartigen Regenguss. Vielleicht hatte Savannah recht, und ich hätte zum Mittagessen im Haus bleiben sollen. Ich hätte warten können, bis Aaron zurückkommt. Ich bezweifle, dass er bei diesem Wetter zum Mittagessen geht.

Ich eile den Block hinunter und warte darauf, dass der Verkehr anhält und die Ampel umschaltet, bevor ich die Straße überqueren kann.

Ein schwarzer Geländewagen hält am Zebrastreifen an und das Fenster ist heruntergekurbelt.

„Steig ein", sagt Mikhail.

Ich bin schon klatschnass. Das erinnert mich an das erste Mal, als ich zu ihm ins Auto geklettert bin. Ich atme tief ein und aus.

„Ich glaube, ich gehe zu Fuß. Es ist ein schöner Tag."

Er verdreht die Augen über meinen Scherz. Mein Sinn für Humor amüsiert ihn nicht im Geringsten.

Das Auto hinter ihm hupt, als er nicht schnell genug abbiegt, weil er mich überreden will, mit ihm zu kommen. Ich weiß nicht, wo er hin will oder was er mit mir vorhat.

Ich mache eine Geste, damit er weiterfährt. Ich steige nicht ein, und er blockiert den Verkehr und die Fußgänger beim Überqueren der Straße.

Er schließt sein Fenster, und der Fahrer fährt langsam weiter. Die Warnblinkanlage geht an und Mikhail springt in den Regen hinaus.

„Siehst du, wozu du mich gebracht hast?"

„Wirklich? Was machen wir jetzt?" frage ich. Wir sind direkt vor dem FBI-Büro. Überall sind Kameras, nicht dass ich etwas zu verbergen hätte.

„Wer hat dir das angetan?", fragt Mikhail und starrt auf meinen Bluterguss. „War es dieser Drecksack Aaron?"

Ich verteidige Aaron nicht. Er hat mich geschlagen und ist letzte Nacht brutal mit mir umgegangen. Es hätte viel schlimmer sein können, aber es tut weh. „Warum interessiert dich das?", frage ich.

Ich hebe meinen Schirm höher, um Mikhail und mich vor dem Sturm zu schützen. Aber das bringt nichts. Meine Kleidung ist durchnässt. Mein Haar ist nass und klebt an meinem Körper. Es ist kühl, und ich versuche alles, um nicht noch nässer zu werden.

Die einzige gute Nachricht ist, dass ich einen Koffer von dem früheren Einsatz habe und alle meine Klamotten drin sind. Wenn ich muss, kann ich mich umziehen.

„Wir sind zwar nicht auf der gleichen Seite, aber ich sehe es nicht gerne, wenn es dir schlecht geht", sagt Mikhail.

„Stimmt, deshalb hast du mir eine Waffe an den Kopf gehalten." Ich kaufe ihm diesen Mist keine Minute lang ab.

Er schüttelt den Kopf und blickt weg. Ich habe die Fähigkeit, ihn zu frustrieren, wie es scheint. Das ist gut. Er richtet seinen Blick wieder auf mich. „Du hast dich vor meine Waffe gestellt, *Kisa*, um ein Monster zu schützen."

Ich verteidige Aaron nicht. „Vielleicht hättest du ihn erschießen sollen", murmle ich vor mich hin. Ich meine es nicht so. Ich sollte es nicht einmal zu einem Mann sagen, der Menschen für seinen Lebensunterhalt tötet.

Sieht er es als Sport oder als Notwendigkeit?

Ich frage nicht. Ich will nicht wissen, wie er jemandem das Leben rauben und auslöschen kann.

„Komm mit mir", sagt Mikhail.

„Das FBI weiß, dass ich entdeckt worden bin", sage ich. „Wenn ich vermisst werde..."

„Ich werde dich nicht zwingen, mit uns zu kommen. Wenn du lieber im Regen durchnässt werden willst, bitte sehr." Er schlendert zurück zum SUV.

Ich öffne meinen Mund. Ein Teil von mir möchte mit ihm gehen. Das sollte ich aber nicht tun—"er ist ein schlechter Umgang und ich könnte meinen Job verlieren, wenn ich mich mit einem Kriminellen einlasse.

„Das darf nicht passieren, Mikhail", sage ich.

Er öffnet die Tür des Fahrzeugs. „Ich biete dir nur eine Mitfahrgelegenheit an."

Ich glaube ihm nicht. So einfach ist das nicht, nicht mit Mikhail Barinov und schon gar nicht mit der Bratva.

ZWÖLF

Mikhail

Es kostet mich alles, mich nicht umzudrehen und sie ins Auto zu zerren. Draußen gießt es in Strömen, Madisyn hat ein blaues Auge und ich bin nicht in der Stimmung, Spielchen zu spielen.

Ich steige auf der Beifahrerseite ein und schließe die Tür.

„Warte mal", sage ich und halte zu Luka einen Finger hoch.

Der Regen prasselt auf die Windschutzscheibe. Es ist schwierig, viel zu sehen, aber ich habe meinen Blick auf den Seitenspiegel gerichtet.

Sie eilt über die Straße, völlig durchnässt. Der Regenschirm, den sie dabei hat, ist absoluter Müll, er ist es nicht einmal wert, im Regen mitgenommen zu werden. Sie sollte drinnen sein oder ein Taxi nehmen, wo auch immer sie hin will.

„Folge ihr", sage ich.

Luka blickt mich an. „Ich werde deine Befehle befolgen, aber ich habe genügend Frauen kennengelernt, um zu wissen, dass sie nicht verfolgt werden wollen."

„Was soll ich denn tun?"

Ich erwarte keine Antwort von Luka, aber er gibt mir trotzdem eine. „Lass sie in Ruhe. Ich weiß nicht, warum du ihr hinterherläufst. Sie ist FBI-Agentin und wird dich bestimmt in den Knast bringen."

„Hast du ihr blaues Auge gesehen?"

„Ja, ich hätte nie gedacht, dass du dich mit den Frauen anlegst", sagt Luka. Er wirft mir einen Blick zu, bevor er den Blinker setzt und in den Verkehr einfährt.

„Ich habe sie nicht angerührt."

„Weißt du, wer es war?" Luka drängelt in den Verkehr rein und gibt Gas. Wir werden abrupt nach vorne geschleudert, als er ein anderes Fahrzeug schneidet.

„Ja, ihr Ex-Freund Aaron. Er ist ein Arschloch", murmle ich. Der Sicherheitsgurt strafft sich, als Luka eine Vollbremsung hinlegen muss. Der Verkehr in der Stadt ist ein Albtraum und der Regen tut uns keinen Gefallen.

„Hast du eine Adresse von ihm?"

„Er arbeitet mit ihr", sage ich und greife mir an die Nase. Am liebsten würde ich ihm die Fresse polieren und dem Mistkerl eine Lektion erteilen. Aber er ist vom FBI, was mich in eine missliche Lage bringt. Wenn ich ihn aufmische, muss ich ihn umbringen.

„Das FBI zu überwachen und zu warten, bis er Feierabend hat—okay, das ist eine harte Nummer. Ich kann nicht sagen, dass ich von der Idee begeistert bin, aber du weißt, dass ich nie eine Herausforderung ablehne."

Wenigstens ist er ehrlich.

„Mach dir keine Sorgen. Ich werde ihn nicht anfassen. Das muss ich auch nicht, denn Madisyn wird zu mir zurückgekrochen kommen."

„Und du willst sie zurückhaben, Boss?" Luka biegt um die Ecke und ich merke, dass wir im Kreis gefahren sind. Wir sind wieder auf der Hauptstraße, auf der Madisyn vorhin gelaufen ist.

Es ist ein Zufall, dass wir hier vorbeigefahren sind und Madisyn gesehen haben. Wir sind nicht absichtlich am Federal Plaza vorbeigefahren. Wir fuhren auf der Lafayette Street auf dem Weg zu einem Geschäftsessen, das abgesagt wurde.

„Ich will Aaron nicht in ihrer Nähe haben."

„Und wie willst du das bewerkstelligen? Sie arbeiten zusammen, das hast du selbst gesagt."

„Ich sorge dafür, dass er gefeuert wird."

Luka hält das Fahrzeug am Straßenrand an. „Du kannst genauso gut hier aussteigen."

Er setzt mich ab, damit ich nicht durchnässt werde. Dafür ist es ein wenig zu spät, aber ich öffne die Tür und steige aus dem Geländewagen. Der Regen hat noch nicht aufgehört, obwohl wir uns mit unserem

Partner zum Mittagessen treffen wollten, werden wir nun nur zu zweit sein.

Luka fährt zurück in den Verkehr und parkt den Wagen hinter dem Block.

Die Klingel an der Tür bimmelt, als ich sie öffne und aus dem Regen trete. Ich bin noch ziemlich feucht vom Sturm, aber ich werde es überleben.

Ich werfe einen Blick auf Madisyn, die von Kopf bis Fuß durchnässt ist. Ihr Haar ist dunkel, wenn es nass und verfilzt ist. Sie ist völlig durchnässt, als sie vor mir steht und darauf wartet, dass die Kellnerin ihr einen Platz zum Mittagessen zuweist.

Sie wirft einen Blick über ihre Schulter und seufzt schwer. „Verfolgst du mich?", fragt Madisyn.

„Ich bin nur mit Luka hier, um zu Mittag zu essen."

„Und er ist..." Madisyn schaut sich im Restaurant, und dann hinter mir um, vermutlich auf der Suche nach ihm.

„Er parkt den Wagen", sage ich.

Ich bin ihr nicht gefolgt, aber der Gedanke ist verlockend, zu sehen wer sie außerhalb der Person ist, die sie vorgibt zu sein, wenn sie mit mir zusammen ist.

Sie runzelt die Stirn, aber sie sagt nichts.

„Ein Tisch für zwei?", fragt die Wirtin, während sie die Speisekarten von der Theke nimmt.

„Nur für einen", antwortet Madisyn.

Ich deute auf ihr geprelltes Gesicht. „Wir müssen noch darüber reden, was er dir angetan hat." Ich mag keine Männer, die Frauen verprügeln.

Auch wenn sie mich betrogen und sich als jemand ausgegeben hat, der sie nicht ist, hat sie seinen Zorn nicht verdient.

Nur meinen.

Aber ich würde sie nicht schlagen.

„Mikhail", sagt Luka, als er aus dem Regen ins Haus schlurft. Der Regenschirm hat ihm gut standgehalten. Ich hätte das verdammte Ding benutzen sollen, als ich vorhin bei dem Sturm mit Madisyn gesprochen habe.

Wir setzen uns an einen Tisch, der nicht weit von Madisyn entfernt ist. Ich habe sie direkt im

Blickfeld. Sie wirft einen kurzen Blick auf die Speisekarte, bevor sie der Kellnerin eine Geste gibt, um zu bestellen.

„Ich dachte, es wäre aus zwischen euch beiden", sagt Luka. Er hebt die Speisekarte hoch und tut so, als ob er sie lesen würde. Wir haben hier schon dutzende Male gegessen, und er bekommt immer das gleiche Essen.

„Wir tratschen nicht über mein Privatleben." Ich werfe ihm einen Blick zu, damit er den Mund hält.

„Es ist kein Tratsch, wenn ich mit dir darüber spreche", sagt Luka. Er legt die Speisekarte auf den Tisch. „Nicht, dass du meinen Rat willst, aber geh und rede mit ihr. Du starrst sie schon an, seit ich das Lokal betreten habe, wahrscheinlich sogar noch länger."

Ich grunze und wende meinen Blick von Madisyn ab. Sie starrt auf ihr Handy, seit die Kellnerin gegangen ist. „Ich will nichts mit ihr zu tun haben", sage ich.

„Du bist ein beschissener Lügner."

„Das reicht!", knurre ich ihn an, damit er seine Klappe hält. Diese Diskussion ist vorbei.

———

Wir essen zu Ende und es hat mich viel mehr Energie gekostet, Madisyn zu ignorieren, als es hätte sein sollen. Als sie schließlich aufsteht, um zu gehen, atme ich erleichtert auf.

Sie hat mich die ganze Zeit über vom Essen abgelenkt.

Wir bezahlen die Kellnerin und stehen auf, um zu gehen. Madisyn war ein paar Minuten früher fertig und ich hatte erwartet, dass sie schon gegangen ist.

Aber es regnet immer noch.

Mist.

Sie steht an der Tür.

„Ich gehe mal schnell auf die Toilette", sagt Luka.

„Kannst du verdammt noch mal nicht warten?" Ich bin schon aufgestanden und wenn ich mich wieder an den Tisch setze, sieht es so aus, als würde ich ihr absichtlich aus dem Weg gehen, was ich jetzt auch tue.

Luka ignoriert mich und steuert zu dem hinteren Bereich, wo sich die Toilette befindet. Versucht er, mich zu ärgern ?, denn das gelingt ihm hervorragend.

Ich schleiche an mehreren leeren Tischen vorbei und mache mich auf den Weg zum Haupteingang.

Madisyn steht an der Tür, ihr beschissenes altes Handy in der Hand.

Wartet sie darauf, dass der Regen nachlässt? Das kann Stunden dauern. Die Vorhersage sagt, dass es erst heute Abend aufhören soll. „Soll ich dich mitnehmen?", frage ich.

„Nein, ich warte auf meine Mitfahrgelegenheit", sagt Madisyn. Sie murmelt etwas unverständliches vor sich hin.

Wir stehen nur ein paar Meter voneinander entfernt und fühlen uns unbehaglich und belastet.

„Ich wette, dein Chef war stolz auf dich." Es ist eine billige Beleidigung, aber ich kann nicht anders, als Wut und Hass zu empfinden, für das, was sie getan hat.

„Wie bitte?" Sie blickt von der Glastür zu mir.

„In der Lage zu sein, meine Organisation zu infiltrieren." Ich hüte mich davor, in der

Öffentlichkeit den richtigen Ausdruck zu verwenden. „Ich wette, sie geben dir dafür einen Orden. Das kann nicht einfach gewesen sein."

Ihre Augen verdichten sich, und etwas Unbekanntes flackert auf. „Ja, einen echten Goldstern dafür, dass ich es geschafft habe. Ich werde als die Agentin in die Geschichte eingehen, die einen Bratva Boss gefickt und trotzdem keinen einzigen Hinweis bekommen hat."

Ich mache den Mund auf, schließe ihn aber schnell wieder. Warum zum Teufel ist sie sauer? Ich habe sie nicht verraten. Sie wusste von Anfang an, wer ich bin.

„Das ist mein Auto", sagt sie und verschwindet durch die Tür.

Sie klettert auf den Rücksitz und mir dreht sich der Magen um. Ich werfe einen Blick auf den Fahrer, Santiago Rodriguez, einen Läufer des Sanchez-Kartells. Ein niederträchtiger Dreckskerl aus den unteren Rängen. Er ist ein Niemand, aber er ist Carlos gegenüber loyal.

Normalerweise handelt er mit Drogen und Waffen. Ich habe noch nie erlebt, dass ein Kartellmitglied für einen Fahrdienst arbeitet, nicht einmal nebenbei.

Was zum Teufel hat Santiago vor und warum geht Madisyn mit ihm?

Als ich in den Regen trete, ist sie schon auf dem Rücksitz der Limousine. Der Wagen fährt vom Bordstein weg und fügt sich in den Verkehr ein.

Madisyn hat keine Ahnung, was sie getan hat und mit, wem sie zusammen ist. Aber ich habe weder die Schlüssel noch weiß ich, wo Luka das Auto geparkt hat, um ihr hinterherzufahren.

„Bist du bereit, zu gehen?" Luka tritt nach draußen und öffnet den Regenschirm, um sich und mich vor dem Regen zu schützen.

„Das Kartell hat sich Madisyn geschnappt", sage ich.

„Was meinst du mit geschnappt?" Er deutet in die Richtung, in die wir gehen sollen, um das Fahrzeug zu holen. Ich könnte drinnen warten, normalerweise tue ich das, aber jetzt ist es dringender als sonst.

„Nun, sie ist mit ihm gegangen, aber sie hat keine Ahnung, dass es Santiago vom Sanchez-Kartell ist.

Sie dachte, sie würde mit einer Mitfahrgelegenheit zurück ins Büro fahren."

„Und das weißt du, weil?", fragt Luka.

Wir biegen um die Ecke und laufen in das Parkhaus. Luka schließt den Regenschirm und trägt ihn bei sich, als wir zur Treppe gehen. „Es ist nur eine Treppe", sagt er.

Wir gehen die Treppe hinauf. Das geht schneller, als auf den Aufzug zu warten, und im Moment habe ich es eilig, Madisyn zu finden.

„Ich habe mit ihr geredet, bevor das Auto angehalten hat. Ich habe erst kurz vor der Abfahrt gesehen, wer der Fahrer war."

Ich möchte mich irren, aber ich habe Santiago am Steuer des Wagens gesehen.

Luka öffnet die Tür zum zweiten Stock und führt mich zum Fahrzeug. „Was willst du tun, Chef?"

„Fangen wir damit an, sie zu suchen und aufzuspüren", sage ich. „Sie haben ein paar Minuten Vorsprung, aber du weißt ja, wie der Verkehr ist. Hoffentlich sind sie noch nicht weit gekommen."

DREIZEHN

Madisyn

„Wir sind gerade an der Abzweigung der Adresse vorbeigefahren, die ich dir gegeben habe."

Ich überprüfte das Nummernschild, die Marke und das Modell des Fahrzeugs, bevor ich auf den Rücksitz kletterte.

Der Fahrer antwortet nicht.

„Sir?"

An der Ampel werden wir langsamer, und ich reiße am Türgriff, aber er rührt sich nicht.

So ein Mist!

Ich vergewissere mich immer, dass die Kindersicherung nicht eingerastet ist, wenn ich hinten in eine Mitfahrgelegenheit einsteige. Aber ich hatte mich beim Mittagessen so sehr auf Mikhail konzentriert und versucht, ihn zu ignorieren, dass ich abgelenkt war.

„Wer bist du? Was willst du?" Ich versuche, meine Stimme nicht zittern zu lassen, aber wenn ich jetzt nicht kämpfe, bekomme ich vielleicht keine weitere Gelegenheit.

Er ist schweigsam.

Arbeitet er für Mikhail? Will er mir drohen, weil ich seine Familie verraten habe?

Vielleicht hat es nichts mit Mikhail zu tun. Ich erkenne ihn jedenfalls nicht als ein Mitglied der Bratva.

Führt er einen Rachefeldzug gegen das FBI?

Oder vielleicht ist er nur ein Perverser, der mich allein erwischen will.

Das spielt keine Rolle, ich muss hier raus, solange ich noch kann. Wir sind nicht weit vom Büro entfernt. Ich kann den Wolkenkratzer von der Straße aus sehen. Wir sind nur einen Block entfernt, aber wir fahren in die falsche Richtung.

Ich habe nicht viel, außer meinen Händen und meiner Handtasche. Meine Waffe habe ich nicht dabei, weil ich verdeckt ermittelt habe. Sie ist in meinem Safe zu Hause eingeschlossen, das nützt mir im Moment sehr wenig.

Ich ergreife den Riemen meiner Handtasche, schlinge ihn um den Hals des Fahrers und schneide ihm so die Sauerstoffzufuhr ab um ihn zu ersticken .

Er knallt in das Fahrzeug vor uns und ich werde auf den Rücksitz geschleudert.

„Du Schlampe!", knurrt er reißt das Lenkrad herum, während er das Gaspedal durchdrückt und um das Auto herumfährt, das er gerade angefahren hat.

Er schlängelt sich zwischen den Fahrzeugen hindurch, durchquert rücksichtslos den Verkehr und fährt auf der falschen Seite der Straße, bevor er in eine Gasse abbiegt.

Am anderen Ende der engen Straße steht ein schwarzer Geländewagen.

Der Fahrer verlangsamt das Tempo und stellt den Motor ab.

Zwei Männer in dunklen Anzügen steigen aus dem Fahrzeug aus und blockieren die Straße. Der Regen hat nachgelassen, aber keiner, der beiden scheint, sich darum zu kümmern, nass zu werden.

Den größeren und muskulöseren Mann mit Glatze, der am Steuer saß, erkenne ich nicht, aber der Zweite, der von der Beifahrerseite kommt, ist mir bekannt.

Er ist ein Mitarbeiter von Mikhail, genauer gesagt ein Laufbursche.

„Sergej?"

Warum tun sie das?

Der große glatzköpfige Mitarbeiter reißt die Hintertür auf, greift in den Wagen und packt mich am Arm.

„Mikhail hat dich geschickt?" Ich kann es nicht fassen, dass er so frech ist und so tut, als würde er sich einen Dreck um mich scheren!

„Komm mit uns", sagt der glatzköpfige Mann. Er antwortet nicht auf meine Frage. Er zerrt mich zu dem wartenden Fahrzeug, während Sergej leise etwas zu dem Fahrer sagt.

Ich kann nicht hören, was gesagt wird, aber das ist mir auch egal.

„Lasst mich los!", schreie ich und wehre mich. Mein Ellbogen trifft den Kerl in die Rippen, aber er zuckt nicht einmal mit der Wimper.

Wir sind in einer dunklen Gasse. Es gibt keine Zeugen, keine Fenster, keine Anzeichen für jemanden außer uns.

Wenn ich mit diesen Männern gehe, habe ich vielleicht keine Gelegenheit mehr zu entkommen.

Will Mikhail mich tot sehen?

Hat er einen Killer auf mich angesetzt, weil ich für das FBI arbeite?

Ich trete dem Glatzkopf auf die Zehen und stoße meinen Ellbogen in seine Leiste.

Er stöhnt und ist einen Moment lang betäubt, dann lässt er meinen Arm aus seinem Griff los. „Komm zurück!", schreit er und krümmt sich vor Schmerzen.

Klar, als ob ich darauf warten würde, dass er mich umbringt. Hat er gedacht, dass ich mich nicht wehren würde? Er unterschätzt meinen Überlebenswillen.

Ich renne in die entgegengesetzte Richtung des Fahrzeugs, auf die Hauptstraße, um Hilfe zu holen, und schreie, um die Aufmerksamkeit der anderen zu erregen.

Sergej jagt hinter mir her. Seine Schritte werden lauter und kommen näher.

Ich werfe einen Blick über meine Schulter und mache den Fehler nachzusehen, ob er mich einholt. Aber das ist nicht alles, was mir auffällt: Der glatzköpfige Mann hat etwas in seiner Hand.

Ich erhasche nur einen flüchtigen Blick. Ist es eine Pistole? Er gibt keine Anzeichen dafür, dass er mich erschießen will, und warum sollte er das auch, wenn er mich tot sehen will?

Ein elektrischer Schlag durchfährt meinen Körper.

Der Bastard hat einen Elektroschocker.

Ich falle zu Boden, unfähig zu rennen oder mich zu wehren.

Sergej nimmt mich in die Arme und trägt mich zurück zu dem wartenden Fahrzeug.

Er hätte mich töten können. Warum hat er es nicht getan?

———

Ich erwache in einer kalten, dunklen Zelle. Eine einzige Glühbirne erhellt den Raum. Der Boden ist kühl und hart, und besteht aus Zement.Die Wände sind aus sehr dicken Ziegelsteinen wie es aussieht.

Es gibt keine Fenster. Von meinem Standort aus gibt es keinen Hinweis auf die Außenwelt.

Es gibt eine Holztreppe, die nach oben führt. Aber wohin? Bin ich wieder in Mikhails Haus?

Ist das sein Gefängnis?

Ich bin im Keller eingesperrt, meine Knöchel sind mit Fußfesseln angekettet. Meine Hände sind nicht gefesselt, ich habe aber kein Werkzeug, um das Schloss zu knacken und keine Waffe, um mich zu verteidigen.

Der Raum ist klein und staubig. Er könnte schon vor hundert Jahren zur Lagerung von Wein benutzt worden sein.

Ich bin die einzige Gefangene, die zum Tode verurteilt ist.

Warum sperren sie mich ein, wenn sie mich töten wollen? Nichts davon ergibt einen Sinn.

Von oben hört man schwere Schritte auf den Dielen. Jemand geht durch den Raum.

Es sind gedämpfte laute und schroffe Stimmen zu hören. Ich kann nicht verstehen was gesagt wird, oder wessen Stimmen ich höre. Das Gespräch zwischen den Männern wird immer intensiver. Ich höre Schreie von zwei Männern die kämpfen.. Ich bemerke es im Tonfall einer der Männer.

Verzweiflung.

Fleht er um sein Leben?

Mein Mund wird trocken und meine Finger zittern, als ich an den Metallfesseln um meine Knöchel herumfummle. Ich habe kein Werkzeug, mein Portemonnaie habe ich nicht bei mir, mein beschissenes Telefon ist weg und meine Schuhe wurden beschlagnahmt.

Ein Schuss ertönt und ein lauter Aufprall folgt, als wenn etwas oder jemand auf den Boden fällt.

Schwere Schritte trampeln auf dem Boden über mir. Eine Minute später wird die Kellertür aufgeschlossen.

Jemand kommt die Treppe herunter. Es ist dunkel und es ist schwer, die männliche Gestalt zu erkennen, aber von der Statur und Größe ist es nicht Mikhail.

Er tritt unter die einzige Glühbirne und mir stockt der Atem im Hals. Carlos Sanchez, der Anführer des Kartells. Er ist der Letzte, mit dem ich gerechnet habe, als er in den Keller kommt.

„Carlos", hauche ich und starre zu ihm hoch.

„Du weißt, wer ich bin, gut." Er strahlt. „Mein Ruf ist weithin bekannt. Anders als der deines Freundes, der gern die Stadt regiert. Außerhalb dieser Stadt ist er ein Nichts."

Mein Freund? Denkt er, dass Mikhail und ich zusammen sind?

„Warum entführst du mich und bringst mich hierher?",frage ich.

Was passiert, wenn sie merken, dass ich eine Bundesagentin bin und nicht die Freundin eines Bratva-Anführers? Ich bin so gut wie tot.

Carlos beugt sich herunter, hält aber einen großen Abstand zwischen uns. „Was denkst du denn? Wir wollen Mikhail wehtun."

Ich spotte über seine Andeutung. „Nun, wir haben uns getrennt. Dir fehlt es an Wissen."

Auf dem Weg zum Mittagessen habe ich dummerweise das falsche Handy mitgenommen. Ich hatte es so eilig, von Aaron wegzukommen, dass ich gar nicht gemerkt habe, dass ich das Handy genommen habe, das ich während meiner Undercover-Tätigkeit benutzt habe. Sie müssen mein Telefon benutzt haben, um mich zu orten und die Mitfahrgelegenheit abzufangen.

„Und tot", sagt Carlos, „kann Sergio nicht wieder mit Mikhail zusammenarbeiten. Jetzt, wo du weißt, dass er für mich arbeitet, ist die Sache gelaufen."

„Sergio? Meinst du Sergej?"

Carlos kichert und erhebt sich. „Sein richtiger Name war Sergio. Er wurde Sergej, um die Russen zu infiltrieren."

„Was hast du vor?", frage ich. Ich kann mir nicht vorstellen, dass er mich einfach so laufen lässt, und Mikhail wird sich einen Dreck darum scheren, was mit mir passiert. Wir sind nicht zusammen. Wir waren nie wirklich ein Paar.

„Zerbrich dir nicht deinen hübschen kleinen Kopf darüber. Ich habe Wichtigeres zu tun, wobei du mir helfen kannst."

Wenn es bedeutet, aus den Ketten und dem Keller herauszukommen, werde ich das Risiko eingehen.

Ich schaue nach unten und versuche, nicht einschüchternd oder bedrohlich auszusehen. Er weiß nicht, dass ich vom FBI bin, und ich will nicht, dass er auch nur das geringste Misstrauen gegen mich hegt.

Ich lasse meine Stimme beben. In Anbetracht der Umstände ist das nicht besonders schwer. „Was soll ich tun?", frage ich.

„Ruf Mikhail an. Sag ihm, dass du ihn sehen willst."

Das war's? Ich atme erleichtert auf. Sie unterschätzen mich, was gut ist, aber um aus diesen Ketten herauszukommen, braucht es mehr als nur einen Anruf. „Ich habe mein Telefon nicht dabei."

„Du kannst meins benutzen", sagt er. Carlos steckt seine Hand in die Hosentasche, holt sein Handy heraus und reicht mir das Gerät.

Ich kenne Mikhails Nummer nicht, was für eine Freundin seltsam wäre. Aber ich kann damit umgehen. „Ich habe mir seine Nummer nicht gemerkt. Sie ist in meinem Handy gespeichert."

Er rollt mit den Augen, schnappt sich das Handy, wählt Mikhail an und stellt das Gespräch auf Lautsprecher.

„Wer ist da? Woher hast du meine Nummer?" Mikhail nimmt den Hörer ab.

Seine Stimme löst ein warmes, kribbelndes Gefühl in mir aus. „Ich bin's", sage ich, als ob er meine Stimme überall erkennen würde. „Deine *Kisa*."

Es ist nicht so, dass ich Mikhail so gut kenne, aber er hat mich schon mehrmals *Kisa* genannt. Ich kann nur hoffen, dass er merkt, dass ich in

Schwierigkeiten stecke und mich nie so nennen würde, wenn ich nicht unter Zwang stehe.

Besonders jetzt, wo er von meinem Verrat weiß und mich hasst.

Mikhail räuspert sich und seine Stimme wird tiefer und tiefer. „Wo bist du, *Kisa*?", fragt er. Er klingt sexy, rau und raspelig. „Ich würde dich gerne in mein Bett holen und beenden, was wir heute Morgen in der Dusche angefangen haben."

Wir waren heute Morgen nicht unter der Dusche. Er versucht, mir einen Hinweis zu geben. Oder vielleicht spielt er mit, weil er weiß, dass ich in Gefahr bin.

Wie soll ich ihm sagen, dass Sergei hinter meiner Entführung steckt und das Kartell mich gegen meinen Willen festhält?

Carlos reißt mir das Telefon aus der Hand und beendet das Gespräch.

„Was machst du da?" Ich schnaufe. Wollte er nicht mit Mikhail sprechen?

Carlos hält einen Finger hoch, damit ich warte. Das Handy in seiner Hand klingelt, und er geht ran.

„Jetzt, wo ich deine Aufmerksamkeit habe, möchte ich, dass deine Männer sich von meiner Ware zurückziehen."

„Von welcher Ware reden wir?" ,fragt Mikhail.

Er macht sich nicht die Mühe, den Anruf auf den Lautsprecher zu schalten. „Ich bespreche keine Details am Telefon", sagt Carlos.

„Wo und wann?" , fragt Mikhail. „Es sollte ein öffentlicher Ort sein und—"

„Nein", unterbricht Carlos. „Wir machen das auf meine Art, wenn du dein Mädchen lebend sehen willst. In einer Stunde kommst du zu meinem Komplex. Du weißt doch, wo das ist, oder?"

„Ja."

Carlos grinst mich an und beendet das Gespräch. Seine beiden Goldzähne glitzern unter der schummrigen Glühbirne. „Du kommst mit mir. Ich habe gehört, du bist Krankenschwester."

Er holt ein Paar Handschellen aus seiner Gesäßtasche. „Zuerst ziehst du die hier an. Dann nehme ich dir die Fußfesseln ab."

Ich strecke meine Arme aus, und er macht die Metallschellen an meinen Handgelenken fest. Ich wehre mich nicht gegen ihn, noch nicht, solange ich am Boden festgemacht bin.

Zufrieden, dass er mich unter Kontrolle hat, löst er die Fesseln von meinen Knöchel. „Komm mit", sagt er und führt mich die klapprige Holztreppe hinauf.

Oben ist die Luft modrig und abgestanden, genauso schlimm wie im Keller. Wo zum Teufel sind wir hier?

In jeder Ecke liegt Staub und die Möbel sind mit Laken bedeckt. Hier wohnt Carlos nicht und es ist auch nicht der Komplex, in dem Mikhail sich mit ihm treffen soll.

Mir kommt die Galle hoch, aber ich schlucke sie wieder hinunter.

Carlos hat Mikhail eine Falle gestellt. Ich weiß nicht, was Mikhail in dem Komplex erwartet, aber ich werde nicht dort sein.. Es wird keine Verhandlungen geben und keine Chance, dass er mich rettet und nach Hause bringt.

Ich bezweifle, dass er mich freilassen würde. Er wird wahrscheinlich nicht einmal auftauchen, um Carlos anzubieten, was er will. Warum sollte er auch? Ich bin nur ein Mädchen, das ihn belogen hat.

Er hasst mich, und das kann ich ihm nicht verdenken.

„Wo sind wir?", frage ich. Meine Stimme ist sanft und nicht bedrohlich. Meine Hände sind immer noch gefesselt, aber sie befinden sich vor mir, so dass ich mich im richtigen Moment wehren kann.

Aber jetzt noch nicht. Nicht, wenn Carlos und seine Männer in der Gegend herumschleichen. Ich will nicht noch einmal einen Elektroschocker auf meinem Rücken oder, schlimmer noch, eine Kugel in den Kopf bekommen.

Carlos führt mich durch die Küche und an Sergejs Leiche vorbei. Er liegt auf dem Boden in einer Blutlache. Er schreitet über die Leiche, als wäre sie ein Kinderspielzeug, das nicht abgeholt wurde. „Hier entlang", sagt er und erwartet, dass ich ihm folge.

Am Küchentisch sitzen zwei Mitglieder des Kartells mit Pistolen in der Hand und beobachten mich. Es sieht so aus, als ob sie nur darauf warten, mich zu töten und gleich abdrücken.

Gehorsam folge ich Carlos durch die Küche und er führt mich über eine Hintertreppe in den zweiten Stock. Das Haus ist voller Spinnweben. Das Haus steht schon seit einiger Zeit leer.

„Du musst ihn versorgen", sagt Carlos, während er mich in ein Schlafzimmer führt. Ein Mann liegt auf einer Matratze, sein Gesicht ist rot und er stöhnt.

„Mit meinen Händen kann ich so nichts machen", sage ich und zeige ihm die Handschellen.

Carlos murrt, schiebt den Schlüssel ins Schloss und nimmt die Handschellen ab.

„Habt ihr medizinisches Material?", frage ich, als ich mich dem Patienten nähere. Seine Stirn glänzt vor Schweiß. Allem Anschein nach hat er Fieber.

„Nicht viel", gibt Carlos zu und sieht sich im Raum um. „Wir waren schon eine Weile nicht mehr hier."

„Der Staub hat es verraten", sage ich.

Carlos verpasst mir eine Ohrfeige. „Achte auf deinen Ton, du bist eine Gefangene, kein Gast." Der blaue Fleck, den Aaron kürzlich auf meiner Haut hinterlassen hat, pocht wieder. Ich zucke zusammen und untersuche den Patienten. „Ich bin

Madisyn", sage ich zu dem Patienten und stelle mich vor.

„Reece", krächzt er. Während er spricht, zuckt er vor Schmerzen zusammen.

Warum versucht er, sein Unbehagen zu verbergen?

„Ich bin Krankenpfleger. Darf ich dir ein paar Fragen stellen?"

Er nickt schwach. Seine Wangen sind rot, seine Pupillen geweitet, aber der Raum ist zu schwach beleuchtet. Ich öffne die Vorhänge und lasse mehr Licht in den Raum fallen.

„Hattest du in letzter Zeit Verletzungen oder Infektionen ?" ‚frage ich, während ich mich seinem Bett nähere, um ihn besser betrachten zu können. Seine Wangen sind gerötet.

Ich weiß nicht, womit ich es hier zu tun habe, außer mit dem Kartell und einem Haufen Ärger.

Seine Augen sind glasig und er blickt an mir vorbei zu Carlos.

„Ich habe vielleicht eine Verletzung", sagt er. Er ist sehr vorsichtig, alser antwortet. Ich vermute, dass

Carlos hinter seiner Verletzung steckt, aber er will ihn sicher nicht tot sehen, wie Sergej.

„Darf ich es sehen?" frage ich und bleibe dabei ruhig und sanft.

Er hebt sein Hemd an und es gibt ein offensichtliches Anzeichen für eine Infektion an der Stelle, die wie eine frische Stichwunde aussieht. Die Wunde ist rot und geschwollen.

„Deine Verletzung ist infiziert", sage ich. „Wir müssen dir Antibiotika besorgen."

„Die gibt es hier nicht. Welche anderen Vorschläge hast du?" sagt Carlos.

Ich gehe vom Bett weg und auf Carlos zu. „Abgesehen davon, ihn in ein Krankenhaus zu bringen?"

Wenigstens war die Bratva vorbereitet, als ihr Mitarbeiter verletzt worden war. Mikhail hatte dafür gesorgt, dass seine Männer im Krankenhaus oder in seinem Haus angemessen medizinisch versorgt werden konnten.

„Das kommt nicht in Frage."

„Dieser Ort ist nicht im Geringsten steril. Ihr habt nicht die nötige medizinische Ausrüstung, um seine Verletzungen zu versorgen. Seine Wunde muss gereinigt und verbunden werden. Er hätte genäht werden müssen, aber dafür ist es jetzt zu spät."

„Kannst du nicht Zutaten zusammenmischen und eine Paste herstellen? Etwas, das auf seine Wunde aufgetragen wird, und die Infektion nicht schlimmer wird oder außer Kontrolle gerät.

„Er benötigt Antibiotika. Seine Wunde muss richtig versorgt werden, und diese Umgebung entspricht nicht den Anforderungen, die er braucht. Bring ihn in deinen Komplex."

„Wie bitte? Du gibst keine Befehle", sagt Carlos. Er kommt näher und sein Atem bläst mir ins Gesicht.

„Wenn du willst, dass dein Freund medizinisch behandelt wird, dann bring ihn wenigstens an einen anderen Ort, wo ich die nötigen Zutaten für einen Breiumschlag finden kann. Ich brauche eine saubere Kompresse, Kräuter, Bittersalz und eine Reihe anderer Zutaten, die ich in der Küche unten nicht finden werde."

Sein Kiefer klappte zu und er knirschte mit den Zähnen. „Gut." Er packt mich am Arm und zerrt mich die Treppe wieder hinunter.

Ich verdränge den Schmerz und schlucke das Unbehagen über seinen festen Griff hinunter, während sich seine Finger in meinen Arm graben.

Er zerrt mich die Treppe zur Hauptebene hinunter. Seine Männer blicken auf, während wir durch die Küche eilen. Keiner von ihnen scheint besonders beschäftigt zu sein. Ein Mann hat ein Messer in der Hand und schält einen Apfel. Der andere spielt mit seinem Handy. Es scheint so, als scrollt er durch eine dieser Social-Media-Seiten.

„Bringt ihn nach unten, pronto!", schreit Carlos seine Männer an, während er mich in den schmutzigen Wohnbereich schleppt.

Er öffnet die Haustür und zerrt mich nach draußen.

Meine Füße knirschen auf dem kalten, verschneiten Boden. Meine Fußsohlen schmerzen vom Eis, während ich einige Schritte in Richtung des wartenden Fahrzeugs mache.

Ich zittere, meine Kleidung ist nicht warm genug für das Wetter, und ich habe weder einen Mantel noch Schuhe oder eine Wintermütze.

Der schwarze Geländewagen ist zusammen mit einer zweitürigen Limousine vor dem Haus geparkt. Ich bekomme einen besseren Blick auf die Umgebung. Wir befinden uns mitten im Nirgendwo und sind in jeder Richtung von Bäumen umgeben.

Es gibt keine anderen Gebäude oder Menschen in der Nähe. Sie haben mich an einen abgelegenen Ort gebracht. Wenn sie mich tot sehen wollten, hätten sie mich schon längst umgebracht.

Er öffnet die Hintertür des Fahrzeugs. „Steig ein!"

Ich will zwar nicht tun, was er befiehlt, aber meine Füße brennen vor Kälte und ich gehorche und klettere auf den Rücksitz.

Carlos knallt die Tür hinter mir zu.

Seine Männer folgen ihm durch die Vordertür, während Reece eine schmerzhafte Grimasse zieht. Reece hat einen Arm um jeden der Männer geschlungen, als sie ihn nach draußen ziehen.

Sie tauschen kurz ein paar Worte auf Spanisch aus, ihre Stimmen sind so leise, dass es schwierig ist, das Gespräch aus dem Inneren des Geländewagens zu verstehen.

Carlos öffnet die Hintertür, und sie werfen Reece neben mich hinein.

„Haltet ihn am Leben", sagt Carlos. Er schlägt die Hintertür zu und sperrt mich mit dem Verletzten ein.

Schweiß glänzt auf Reece' Stirn. Seine Atmung ist flach und röchelnd. Er zittert und ich kann nicht sagen, ob es an der Kälte liegt oder an dem Fieber, das ihn durchströmt.

VIERZEHN

Mikhail

„Bist du dir da sicher?", fragt Luka.

Er ist der einzige Mann, der weiß, was mit Madisyn los ist. Sicher, ein paar von ihnen wissen, dass ich sie mit auf mein Zimmer genommen und ihr eine schöne Zeit bereitet habe, aber sie wissen nicht alle, dass sie eine Bundesagentin ist und mich verraten hat.

Die Liste der Männer, die von ihrem Verrat wissen, ist kurz. Ich kann nicht zulassen, dass meine Männer meine Kompetenz anzweifeln.

Und Luka ist der Einzige, der weiß, dass sie vom Sanchez-Kartell entführt wurde.

Er fährt den Wagen, und ich sitze auf dem Beifahrersitz. Wir sind auf dem Weg zum Gelände des Kartells. Ist das der Ort, an dem sie Madisyn festhalten, oder haben sie sie an einem anderen Ort versteckt?

Es ist kein Geheimnis, dass das Kartell mindestens ein Dutzend Unterschlüpfe in der Stadt hat. Wahrscheinlich gibt es noch mehr außerhalb New Yorks. Sie haben ein ausgeklügeltes Netzwerk und eine ausgeklügelte Vorgehensweise, aber die Entführung von hübschen Mädchen gehört nicht zu ihrem Repertoire.

„Nein, aber ich kann nicht riskieren, sie in den Händen von Carlos Sanchez zu lassen", sage ich.

Kurzzeitig hatte ich überlegt das FBI zu kontaktieren, und mich selbst zu opfern, um Madisyn zu retten.

Es war ein flüchtiger Gedanke, den ich schnell wieder verwarf, als mein Telefon klingelte und ich ihre Stimme hörte.

Sie ist am Leben.

Das Kartell hätte sie schon getötet, wenn sie vorgehabt hätten, sie zu ermorden um sich an ihren

Erfolgen zu weiden. Sie wollen etwas, das ein Teil meines Geschäfts ist.

Es ist ja nicht so, dass ich es mir nicht leisten könnte, einen Teil meines Geschäfts aufzugeben, hauptsächlich den Schmuggel von Heroin, was sie vermutlich von mir verlangen, aber am Telefon nicht sagen würden.

„Glaubst du, dass es richtig ist, ohne eine Armee aufzutauchen?", fragt Luka.

Er ist ein guter Mann und würde für mich sterben, wie jeder gute Bratva-Soldat. Ich habe versucht, das er meine kleine Schwester heiratet, aber sie wollte nichts mit ihm zu tun haben.

„Ich habe keine Angst vor Carlos oder dem Kartell", sage ich.

Wir fahren auf das eisenbeschlagenen Tor des Kartellgeländes, den Vordereingang, zu.

Luka wirft mir einen Blick zu, aber er verbirgt jeden Anflug von Nervosität oder Zweifel.

Sein Telefon surrt.

„Wir haben keine Zeit, uns mit unseren Männern zu beschäftigen", sage ich. „Lass es auf die Mailbox gehen."

Der Kartellwächter klickt auf den Knopf in seiner Kabine, und das Tor öffnet sich langsam. Ich atme einen schweren Seufzer aus.

Nachdem Lukas Telefon verstummt ist, beginnt meines zu klingeln. Ich werfe einen Blick auf die Anrufer-ID. Es ist Dmitri.

Luka tippt sanft auf das Gaspedal und wir fahren durch das geöffnete Tor die breite Auffahrt, die zur Haustür führt, hinein.

Carlos ist nicht draußen, aber ein halbes Dutzend seiner bewaffneten Männer wartet auf uns.

„Nicht jetzt", sage ich, als ich ans Telefon gehe. „Ich muss mich um etwas kümmern."

„Nun, im Haus hast du mit etwas noch Größerem zu tun", antwortet Dmitri.

Im Hintergrund ist viel Lärm zu hören. Ich höre, wie der Papierschredder auf Hochtouren läuft und seitenweise Dokumente vernichtet.

In meiner Magengrube stößt es sauer auf. „Das FBI ist hier", sagt Dmitri.

Er beendet den Anruf und gibt mir keinen Hinweis darauf, warum sie in mein Haus eindringen oder welche Beweise sie für einen Durchsuchungsbefehl haben.

Ich kann mich damit jetzt nicht befassen. Selbst wenn ich wollte, wir befinden uns auf dem Gelände des Kartells und sie umschwärmen das Fahrzeug mit gezogenen Waffen.

„Steig aus!", ruft einer der Männer, die vor der Tür stehen.

Luka schaltet das Fahrzeug ab und wir steigen aus. Die Kartellwächter sind grob und gründlich, als sie uns nach Waffen durchsuchen und entwaffnen, bevor sie uns durch die Vordertür ins Haus schieben.

Von Carlos und Madisyn gibt es keine Spur.

Wo ist sie?

„Wo ist Madisyn?", schreie ich die bewaffneten Wachen an. Hauptsächlich den, der mich aus dem Fahrzeug gezerrt, und die Treppe hinauf ins Innere geschoben hat. Seine Augen sind dunkel und wirken leblos.

Das Kartell ist bekannt für seine zwielichtigen Machenschaften den Handel mit Drogen und Waffen, aber Entführungen haben sie meines Wissens noch nie gemacht. Sind sie auf dem Weg, Menschen und nicht nur Waren über die Grenze zu schmuggeln?

„Wir stellen die Fragen", sagt Carlos, als er die Treppe hinuntersteigt, ordentlich gekleidet, aber mit einer Blutspur an der Wange.

Mein Mund ist trocken und ich balle meine Hände an den Seiten zu Fäusten.

„Wo ist Madisyn?", frage ich erneut. Diesmal richtet sich die Frage an den Anführer des Kartells, nicht an seine Männer..

Er rückt seine Krawatte zurecht und bleibt vor einem Spiegel stehen, um sein Spiegelbild zu bewundern, bevor er meine Frage beantwortet.

„Sie arbeitet für mich."

Seine Antwort verblüfft mich . Ich kann mir nicht wirklich vorstellen, dass sie für ihn arbeiten will. „Wie bitte?"

Wovon zum Teufel redet er? Hat er den Verstand verloren, oder hat er etwas gegen sie in der Hand? Nein, wenn das der Fall wäre, würde das FBI nicht meine Wohnung, sondern die Geschäftsräume des Kartells durchkämmen.

Mir wird übel, wenn ich daran denke, dass mein Haus von den FBI-Leuten verwüstet und auseinandergenommen wird. Wonach suchen sie? Ist es wegen Aaron Moore? Hat er versucht, mir eine Falle zu stellen? Das traue ich dem Mann zu. Er terrorisiert Madisyn und die Beweise in ihrem Gesicht reichen aus, damit ich den Mann am liebsten in Stücke reißen würde.

Hatte das FBI mitbekommen, dass Madisyn nicht vom Mittagessen zurückgekommen war? Hatten sie vermutet, dass ich hinter ihrer Entführung stecke?

„Du hast mich gehört", sagt Carlos, als er näher kommt. Mit einer Geste fordert er seine Männer auf, zur Seite zu treten, damit er mir gegenübertreten kann. Mit seinen glänzenden Augen mustert er mich, unzufrieden mit meinem

Aussehen. Er schüttelt den Kopf und streicht sich über das Kinn. „Ich weiß nicht, was das Mädchen in dir sieht. Sie könnte es so viel besser haben."

„Sie ist eine Zehn", sage ich und will ihn davon überzeugen, dass sie zu mir gehört. Ich will nicht, dass eines meiner Geheimnisse an das Kartell verraten wird. Und Carlos ist ein Mann, der sie unter Schmerzen dazu zwingen würde, jedes noch so unbedeutende Detail, das sie je gesehen oder gehört hat, preiszugeben. „Wo ist sie?"

Er tritt noch näher und grinst. „Sie kümmert sich um einen meiner Männer."

Ich schlage mit der Faust zu und verpasse ihm einen Schlag ins Gesicht. Das Geräusch von knirschenden Knochen verschafft mir ein wenig Erleichterung. Was zwingen sie sie zu tun?

Der Wachmann, der mich auf das Gelände des Kartells gebracht hat, zerrt mich von Carlos weg und schlägt mir seine Waffe an den Kopf, bevor er sie entsichert und den Lauf an meine Schläfe hält.

„Madisyn!", rufe ich und starre die Treppe hinauf, weil ich annehme, dass sie oben festgehalten wird und Carlos von dort kam. Aber sie könnte überall sein.

Er holt ein Taschentuch aus seiner Jacke und überprüft, ob Blut aus seiner Nase tropft. Man kann einem Mann die Nase brechen, ohne dass Blut herausspritzt.

Seine Nase ist krumm, was anscheinend zu seiner Persönlichkeit passt. Ich will ihm die Scheiße aus dem Leib prügeln, aber ich glaube nicht, dass seine Männer mich weitermachen lassen. Der Arsch, der neben mir steht und seine Waffe an meinenKopf hält, würde mich wahrscheinlich erschießen.

„Sie ist im Moment mit einem meiner Männer beschäftigt", sagt Carlos und kichert über seine Bemerkung. „Nimm das runter." Mit einer Geste deutet er auf seinen Mann, der ihn verteidigt hat, und die Waffe an meiner Schläfe wird gesenkt.

„Woher wusstest du, dass sie von mir ist?" Alles aufzugeben, nur um Madisyn zu retten, ist nicht klug für die Organisation und meine Männer. Aber ich bin hier, wider besseren Wissens. Und vor allem habe ich den leisen Verdacht, dass hinter meinem Rücken etwas viel Schlimmeres vor sich geht.

Und dieses Mal ist nicht Madisyn die Schuldige.

Zumindest glaube ich das nicht, und es gäbe keinen Grund, warum sie sich mit dem Kartell zusammentun sollte, um zu mir zurückzukommen. Das ergibt keinen Sinn.

Carlos gluckst leise und steckt das Taschentuch zurück in seinen Mantel. „Glaubst du, dass ich alle meine Geheimnisse verraten würde?"

„Vielleicht hast du sie gar nicht", sage ich. „Deine Männer führen seit Jahren Betrügereien durch. Die Stimme am anderen Ende des Telefons könnte simuliert worden sein, damit sie wie Madisyn klingt."

Das Lächeln auf dem Gesicht des Kartellchefs verschwindet. „Du willst deine Freundin sehen? Aaron!" ruft Carlos zu dem Vordereingang.

Aaron?

Es kann nicht derselbe Aaron sein, Madisyns Ex-Freund der beim FBI ist, das wäre einfach ein zu großer Zufall. Aaron ist ein ziemlich häufiger Name; es muss jemand anderes sein.

Egal, wie sehr ich mir wünsche, dass es ein anderer Aaron wäre, aber der selbst gefällige Bastard, der neulich bei Madisyn zu Hause aufgetaucht ist, tanzt die Treppe hinunter, die Hand auf dem Geländer, und sieht verdammt arrogant aus.

Ich möchte ihm das Grinsen aus dem Gesicht wischen und seinen Kopf auf den Boden schlagen. Der Mann hat eine Tracht Prügel verdient, so wie er Madisyn behandelt hat. Das ist ekelhaft.

Wie viel weiß Carlos über Aaron?

„Noch besser: Du gibst mir Madisyn und ich erzähle dir von dem Undercover-FBI-Agenten, mit dem du zusammenarbeitest", sage ich. „Einer deiner Männer ist ein FBI-Agent."

Carlos wirft einen Blick über die Schulter zu Aaron. „Meinst du diesen Kerl?" Er deutet mit dem Daumen in Aarons Richtung. „Aaron ist einer meiner treuesten Mitarbeiter. Mir ist bewusst, dass er für das FBI arbeitet. Was glaubst du, wie wir es geschafft haben, dass sie so lange weggeschaut haben?"

„Dein treuer Mann hier verprügelt gerne Frauen", sage ich. „Er hat ihr das blaue Auge verpasst, das sie jetzt trägt."

„Sie hat diesen Typen gefickt", sagt Aaron und zeigt auf mich. „Sie verdient eine Erinnerung daran, zu wem sie gehört."

Carlos lässt sich weder von meiner noch von Aarons Bemerkung aus der Ruhe bringen. „Was aus dem Mädchen wird, ist mir ziemlich egal. Ich dachte, es wäre lustig, dich einzuladen, um zu sehen, für wen sie sich entscheidet."

„Ist das deine Vorstellung von einer Einladung?" Das Kartell ist verrückter, als ich es in der Vergangenheit je für möglich gehalten hätte.

„Es ist ein Kompromiss. Ich lasse das Mädchen frei, und du gibst dein Recht auf, Heroin zu verkaufen. Das Kartell wird der alleinige Verkäufer sein. Es sei denn, du willst für mich arbeiten und mit unserer Ware handeln?"

Ich spotte über seinen Vorschlag. „Ich werde nicht für dich arbeiten."

Carlos grinst, nicht im Geringsten überrascht von meiner Antwort. „Haben wir einen Deal?"

„Nein", sage ich. „Lass Madisyn mit mir gehen, und ich werde dein Haus nicht niederbrennen."

„Du hast es nicht drauf", sagt Carlos und verschränkt die Arme vor der Brust.

Er stachelt mich an.

Ich beiße mir auf die Zunge, um nicht zu verraten, dass ich eine ganze Reihe schrecklicher Taten begangen habe, Männer ermordet und Frauen und Kinder bedroht habe. Ich bin kein Heiliger. Ich gebe nicht vor, ein guter Kerl zu sein, denn das bin ich nicht.

Aaron ist ein FBI-Agent, und egal, ob er undercover arbeitet oder ein korrupter Agent ist, der mit Carlos zusammenarbeitet, ich kann nicht riskieren, dass alles, was ich sage, aufgezeichnet wird. Ich habe nicht den Vorteil, dass ich ihn nach einer Wanze oder einem anderen Gerät durchsuchen kann, das ihm untergeschoben wurde.

Carlos gibt einem seiner Männer den Befehl, Madisyn zu holen. Sein Mitarbeiter geht nach oben und kommt einige Minuten später mit ihr zurück. Seine Finger sind fest um ihren Arm geschlungen.

An ihren Fingern klebt getrocknetes Blut, und ihr Haar ist zerzaust. Ihre Füße sind nackt und sie zuckt zusammen, als sie gewaltsam die Treppe hinuntergezerrt und neben Carlos geschoben wird.

„Es ist schön, dich wiederzusehen", sagt Carlos mit einem schiefen Grinsen und starrt Madisyn an. Er mustert sie von oben bis unten und starrt dabei auf ihre Brüste.

„Das reicht jetzt!" Ich knurre Carlos an und schlage ihm mit der Faust gegen den Kiefer. Leider scheine ich ihn nicht zu brechen oder auch nur zu verrenken.

Wie schade.

Ich hätte gerne zwei Treffer gegen diesen Arsch gelandet und dem dreckigen Ungeziefer eine Lektion erteilt.

Eine seiner Wachen zerrt mich von ihm weg und schiebt mich einige Meter nach hinten, um einen angemessenen Abstand zwischen seinem Boss und mir zu halten.

Madisyns Augen werden groß, als sie von mir zu Aaron blickt. Ich bin mir nicht sicher, wen sie mehr verachtet.

„Was ist hier los?", fragt Madisyn.

Carlos strahlt vor Stolz. Ich habe nicht die geringste Ahnung, was diesem Mann durch den Kopf geht. Aber ich habe das Gefühl, dass das, was er vorhat, mein Leben nicht leichter machen wird. „Sie werden für dich kämpfen."

„Für mich kämpfen?" Sie runzelt die Stirn, schaut zu Aaron und dann zu mir. Sie macht einen zögerlichen Schritt zurück.

Wohin wird sie wohl gehen?

Wie weit wird sie kommen? Es besteht keine Chance, dass das Kartell sie gehen lässt.

Sie stolpert einige Meter rückwärts, bevor eine der Wachen sie auffängt. Seine Finger graben sich in ihre nackten Arme und hinterlassen einen bleibenden Eindruck auf ihrer Haut. „Keine Bewegung", flüstert er etwas zu laut, so dass fast jeder in der Nähe es hören kann.

Madisyn wehrt sich gegen seinen Griff, bevor sie nachgibt.

„Lass sie los", sage ich. „Dein Streit betrifft mich. Madisyn hat mit dieser Verhandlung nichts zu tun."

Soweit ich das beurteilen kann, handelt es sich nicht um eine Verhandlung, wenn man bedenkt, dass sie gegen ihren Willen festgehalten wird.

Carlos streicht sich über das Kinn, bevor er die Hände zur Seite fallen lässt. „Komm mit mir." Er geht den Gang entlang und als ich ihm nicht schnell genug folge, stößt mich einer seiner Männer mit seiner Waffe in den Rücken.

―――――

„Du willst das doch nicht ernsthaft wegen eines Mädchens durchziehen?" Luka ist an meiner Seite.

Versucht er, mich davon zu überzeugen, sie Aaron zu überlassen?

Auf keinen Fall werde ich zulassen, dass dieses Arschloch Madisyn anrührt.

Sie gehört mir.

Und obwohl ich immer noch wütend auf sie bin und nichts mit ihr zu tun haben will, habe ich es mehr oder weniger geschafft, mich in eine „Kampfnacht" mit dem Kartell zu verwickeln. Wir werden in den Keller geführt und durch einen Korridor mit dunklen Tunneln, bis wir einen kleinen Raum erreichen, in dem wir uns fertig machen können.

Es fühlt sich an, als wären wir meilenweit gelaufen.

„Zieh dich aus. In dem Behälter sind Shorts", sagt einer der Männer und zeigt auf einen Behälter an der Wand.

Der Raum ist winzig. Es gibt keine Fenster und keine anderen Ausgänge, nur die Tür, durch die wir gekommen sind. Es gibt kein Entkommen aus dem Raum.

Ich verpasse dem Wachmann einen Schlag ins Gesicht, und sein Nacken schnellt zurück. Innerhalb von Sekunden hat er seine Waffe auf mich gerichtet. „Bring mich nicht dazu, den Boss zu verärgern", sagt er und stößt mir den Lauf in die Stirn.

„Los, erschieß mich."

Sein Blick strafft sich. „Nein, ich erschieße das hübsche Mädchen, deinen Preis, zuerst. Und du wirst zusehen."

Luka schüttelt unmerklich den Kopf und warnt mich, dass dieser Mann den Ärger nicht wert ist.

Der Wachmann schlägt die Tür hinter uns zu und verriegelt sie. Wir sind drinnen eingeschlossen. Wunderbar. Wie zum Teufel komme ich aus diesem Schlamassel wieder heraus?

„Gibt es zu Hause etwas Neues?", frage ich und werfe einen Blick auf Luka.

Er greift nach seinem Telefon. Das Kartell ist schlampig. Sie haben uns zwar nach Waffen durchsucht, aber nicht unsere Handys gestohlen. Ich war unvorsichtig und habe meins draußen im Fahrzeug gelassen.

„Kein Empfang", sagt Luka. Er trägt sein Handy in dem kleinen Raum herum und hebt es hoch, als ob er so ein Signal zum Telefonieren bekommen würde. Wen will er denn anrufen?

Ist das FBI wirklich auf dem Gelände? Wenn ja, bin ich hier beim Kartell vielleicht sicherer.

„Das ist lächerlich", sagt Luka und schiebt sein Handy zurück in die Tasche. „Du kannst nicht mit dem Kerl da draußen kämpfen. Du wirst ihn umbringen."

„Darum geht es ja."

Ich bin nicht im Geringsten schüchtern, als ich mich ausziehe und nach einer schwarzen Sporthose im Mülleimer greife. Ich hebe sie an meine Nase und ziehe eine Grimasse wegen des Gestanks. Sie sind nicht gereinigt worden und stinken nach Schweiß und Blut.

Ich entscheide mich für meine schwarzen Boxershorts, die ich unter meiner Kleidung trug. Sie werden für Aarons Arschtritte ausreichen.

„Das Kartell stellt dir eine Falle, Sir. Carlos wird dich beschuldigen, Aaron, einen Bundesagenten, getötet zu haben und wird dich verhaften lassen.

„Er ist nicht so dumm, das FBI in sein Haus zu holen", sage ich.

Das Licht flackert und das Gebrüll der Menge hallt durch den kleinen Raum. Er ist praktisch ein Wandschrank, aber die Wände sind aus Backstein und bewegen sich nicht.

Schwere Schritte nähern sich der Tür und das Schnappschloss klickt, als einer der Männer des Kartells die Tür aufreißt. „Es ist Zeit."

„Sir, lassen Sie mich an Ihrer Stelle kämpfen", sagt Luka.

Das ist zwar nobel, aber ich lasse ihn nicht mit Aaron in den Ring steigen. Ich will den Mistkerl verprügeln, der Madisyns Gesicht gezeichnet hat. Aaron hatte kein Recht, sie anzufassen.

„Das wird nicht passieren", sage ich. „Das ist mein Kampf."

„Kommen Sie mit", sagt der Wachmann und gibt uns ein Zeichen, ihm in dem Gang zu folgen.

Er ist nicht allein. Eine zweite Wache begleitet ihn und beide halten ihre Waffen bereit, falls wir versuchen zu kämpfen. Der Gedanke ist mir zwar kurz gekommen, aber ich weiß nicht, wo sie Madisyn festhalten und ich bin nicht gekommen, um die Mission abzubrechen und sie hier zurückzulassen.

Sie kommt mit mir und wird für ihren Verrat bezahlen.

Wir folgen in dem langen, engen Flur. Er ist schwach beleuchtet und schmuddelig. Der Keller könnte eine Reinigung und einen neuen Anstrich vertragen. Als wir näher kommen, hört man das laute Rufen und Jubeln der Männer.

In der Mitte des Raums steht ein Käfig. Der dunkle, feuchte Raum wird von Halogenlampen erhellt.

Schon jetzt stehen Dutzende von Männern in einer Reihe, trinken und feuern die bevorstehenden Aktivitäten an. Die Männer nehmen Wetten an, hauptsächlich Carlos' Männer.

Aaron schleicht vom anderen Ende des Raums heran. Ein weiterer Gang führt in eine Grube.

„Du schaffst das", sagt Luka und feuert mich an.

Ich brauche seine Zusicherungen nicht. „Finde Madisyn", sage ich und lehne mich näher an sein Ohr. „Bring sie hier raus."

Die Lichter über der Bühne flackern wieder. Carlos tritt in die Menge und das Gejohle und die Aufregung werden immer lauter. Es ist, als würde Strom direkt in das Herz des Käfigs fließen, als die Männer für den Kartellanführer zur Seite treten.

Sie machen den Weg frei für unseren Kampf.

Carlos öffnet die Metalltür des Käfigs und macht eine Geste, um als Erster hineinzugehen. Ich nehme nicht an, dass er mich in den Käfig sperren und mich dann allein lassen wird. Es gäbe eine ganze Menge enttäuschter Zuschauer.

Er beginnt mit der Ansage und stellt mich vor, als ob ich eine Vorstellung brauche. Die Buhrufe setzen ein, und wenn ich den Kampf gewinne, frage ich mich, wie ich hier wieder rauskommen soll.

Ist Carlos ein Mann, der sein Wort hält?

Ein Problem nach dem anderen.

Die Menge trennt sich von Aaron und feuert ihn an, als er zum Kampf in den Käfig tritt. Er trägt einen leuchtend roten, glänzenden Satinmantel.

Das scheint zu passen, denn ich bin der Stier, der ihn dezimieren wird.

„Es kann nur einen Gewinner geben, der Mann, der lebend herauskommt", sagt Carlos und kichert. Er genießt es etwas zu sehr.

Er weiß nicht, dass ich schon gegen Männer gekämpft habe, die doppelt so groß waren wie ich, und dass ich Kriminelle, die mich verraten haben, ermordet und abgeschlachtet habe. Ich brauche keine Waffe, um ihm das Leben zu nehmen. Ich habe meine bloßen Hände.

Aaron lässt seinen Mantel am Rande des Käfigs gegen den Metalldraht fallen.

„Fünf!"

Der Countdown beginnt.

Ich bin schnell auf den Beinen und Aaron wirft einen Schlag in meine Richtung, bevor Carlos „Eins" erreicht hat. Niemanden scheint es zu interessieren, dass er ein Betrüger ist.

Aber ich erahne es, denn ich würde das Gleiche tun, wenn ich denken würde, dass mir der Arsch versohlt wird.

Zu meinem Glück bin ich im Vorteil. Er ist zwar ein paar Zentimeter größer, aber ich habe mehr Muskeln als er. Ich habe schon gegen Dutzende von Männern gekämpft. Während er Pakhan war, hat mein Vater mich in den Ring geworfen, damit ich lerne, mich zu verteidigen.

Ich weiche seinem Schlag aus und erhasche einen Blick auf das metallisch glänzende Licht in seiner Hand.

Aaron hat eine Klinge in seiner Handfläche.

„Hättest du nicht gedacht, dass du ohne Messer eine Chance hast?" spotte ich über ihn.

Der chaotische Lärm der Menge umgibt uns, verhöhnt mich und feuert seinen Lahmarsch an.

Aaron weicht bei meiner Bemerkung zurück.

Oh, er hat mich gehört.

Ein Zuschauer schleudert eine Bierflasche gegen den Käfig. Diese prallt gegen den Metalldraht, erschreckt mich aber lange genug, dass Aaron mich mit der Spitze seines Messers kratzen kann.

Die Wunde ist nur oberflächlich. Ich werde es überleben. Ich habe schon Schlimmeres durch Männer erlitten, die einen Grund hatten, mich tot sehen zu wollen.

Was ist sein Grund?

Ist es, weil ich mit Madisyn geschlafen habe und er ein eifersüchtiger Arsch ist?

„Ich will dich tot sehen", sagt Aaron und seine Oberlippe verzieht sich, während er mich voller Abscheu anstarrt. „Du wirst nie wieder einen Finger an meine Freundin legen."

„Deine Freundin?" Ich habe genug davon, mit ihm im Ring herumzutanzen. Es ist an der Zeit, ihm den Hintern zu versohlen. „Madisyn ist nicht deine Freundin. Sie will nichts mit dir zu tun haben." Ich verpasse ihm einen fiesen rechten Haken, der morgen bestimmt Spuren hinterlassen wird.

Er geht nicht zu Boden, aber ich habe auch nicht erwartet, dass er nach einem Schlag K.o. geht. Er hat wahrscheinlich schon ein oder zwei Schläge eingesteckt, als er in Quantico trainierte.

Er weiß wahrscheinlich, wie man als Bundesagent kämpft, aber nicht wie als Russe.

Er wird zu Boden gehen. Dafür werde ich sorgen.

Durch den Lärm und das Chaos hindurch erhasche ich einen Blick auf das leuchtend rote Gewand, das Aaron kurz zuvor getragen hat.

Madisyn hat es um ihren Körper gewickelt. Sie ist in den satinierten Stoff gehüllt und jubelt ihm zu.

FÜNFZEHN

Madisyn

Carlos´ Männer führen mich vor, als wäre ich eine Trophäe.

Felix, einer von Carlos´ Mitarbeitern, zwingt mich, mich auszuziehen und einen schwarzen Spitzen-BH- und ein Unterwäsche-Set anzuziehen, das nichts der Fantasie überlässt.

Ich bin entblößt und werde zur Schau gestellt. Meine Kleidung wird mir gestohlen, bevor ich aus dem Schrank geholt, und ins Rampenlicht gezerrt werde.

„Unser Preis für heute Abend", verkündet Carlos, als ich die chaotische Szene betrete.

Die Männer sind ungestüm und einige von ihnen werfen leere Bierflaschen auf den Käfig in der Mitte des Kellers.

Zum Glück schenken sie mir keine große Aufmerksamkeit, denn sie konzentrieren sich auf die beiden Männer, die sich im Käfig einen Schlagabtausch liefern.

Aaron und Mikhail gehen aufeinander los.

Ich kann mir nicht vorstellen, dass es ein fairer Kampf ist. Aaron ist ein gut ausgebildeter FBI-Agent, aber er hat nicht viel Erfahrung im Straßenkampf. Andererseits habe ich auch nicht vermutet, dass er mit dem Kartell zusammenarbeitet.

Ich habe Mikhail verraten.

Aaron hat mich verraten. Wir sind nicht mehr zusammen, und ich will nichts mit ihm zu tun haben.

Ich schlinge meine Arme um mich, aber es ist mir immer noch kalt.

Felix schiebt mich näher an den Käfig heran. „Genieße die Unterhaltung", flüstert er mir ins Ohr.

Er gibt mir einen Platz in der ersten Reihe, den ich nicht will..

Aber ich kann auch nicht wegschauen.

„Bleib hier", befiehlt Felix. Er lässt mich am Käfig stehen und geht auf Carlos zu, um ein paar Worte zu wechseln.

Ich kann nicht erkennen, was gesagt wird, aber sie sind beide einen Moment lang abgelenkt.

Am Rande des Käfigs liegt ein satinierter Bademantel. Ich greife mit meiner kleinen Hand hinein, ziehe den roten Stoff durch die Metallstäbe und wickle ihn um mich, wobei ich die Schärpe um meine Taille ziehe.

Ich „schwimme" in dem Gewand, aber wenigstens bedeckt es mich. Wie lange wird es dauern, bis sie mich aus dem roten Stoff zwingen und mich wieder zur Schau stellen?

Mikhail konzentriert sich einen Augenblick nicht auf Aaron um mich anzusehen. Es ist nur für einen Moment, und er zahlt den Preis dafür.

Aaron hat ein Springmesser in der Hand und reißt Mikhail eine Fleischwunde in den Leib. Er hat Glück, dass er nicht aufgespießt wird.

Die Menge jubelt Aaron zu, aber Mikhail ist nicht langsamer oder schwächer geworden. Beide Männer ignorieren mich, während sie einen Schlag nach dem anderen auf den Körper des anderen abfeuern.

Es ist schmerzhaft, das mit anzusehen.

Aaron kämpft weder sauber noch fair. Er knallt auf Mikhails nackte Füße, bringt ihn zu Fall und wirft ihn zu Boden.

„Willst du so kämpfen?" Mikhail schreit seinen Gegner an.

Spucke fliegt in der Luft zwischen ihnen, während sie sich gegenseitig verprügeln.

Aaron murmelt etwas, aber er steht mit dem Rücken zu mir. Ich kann den Austausch zwischen den beiden Männern nicht verstehen.

Mikhail reißt die Klinge aus Aarons Hand. Die Klinge fliegt durch den Käfig und schlägt gegen die Metallstäbe, bevor sie klirrend zu Boden fällt. „Wie wäre es, wenn wir wie Männer kämpfen?"

„Du bist kein Mann", schreit Aaron.

Ich ziehe den Mantel fester und verschränke die Arme vor der Brust. Die Luft ist kühl und abgestanden. Der Raum riecht muffig und nach Schweiß. Ich will nicht zuschauen, aber ich kann nicht wegsehen.

Wenn Mikhail gewinnt, was passiert dann mit mir?

Er wird mich nicht einfach gehen lassen.

Wenn Aaron gewinnt, bin ich auch nicht besser dran. Er wird mich wie eine Stoffpuppe behandeln, mich herumschleudern, und missbrauchen. Das macht er immer so. Er behandelt mich wie Dreck, weil er sich dann besser fühlt.

Ich warte nicht darauf, zu erfahren, wer gewinnt und mich als seinen Preis beanspruchen darf. Ich quetsche mich durch die Menge und entferne mich vom Käfig, als ich in die Hände von einem von Mikhails Männern, Luka, stolpere.

„Komm mit", flüstert er und hält meinen Arm fest.

„Lass mich los! Ich gehe nirgendwo mit dir hin." Ich reiße mich aus seinem Griff los. Wir erregen Felix' Aufmerksamkeit, als er merkt, dass ich nicht am

Käfig stehe, wo er mich zurückgelassen hat, um den Kampf zu beobachten.

„Wie du willst, aber ich bleibe nicht hier, um zu sehen, was passiert", sagt Luka. Er springt durch die tobende Menge und schafft es, zu verschwinden.

Ich eile ihm hinterher. Wenn er einen Weg nach draußen hat, dann nehme ich ihn auch.

„Du lässt deinen Chef zurück?" Ich laufe hinter ihm her.

„Du klingst überrascht", sagt Luka und grinst.

„Ich dachte, ihr Bratva haltet alle zusammen."

Er packt mich am Arm und führt mich einen dunklen Gang hinunter. Er reißt die erste Tür auf der rechten Seite auf und schiebt mich hinein. Er ist direkt hinter mir. „Geh weiter."

„Du kennst dich im Haus des Kartells aus?" , frage ich.

„Nein. Während Mikhail mit deinem Freund kämpfte, habe ich mich ein wenig umgesehen."

„Aaron ist nicht mein Freund." Zumindest nicht mehr. Er ist es schon lange nicht mehr und der

Gedanke, dass er mich berührt, lässt mir die Galle hochkommen.

„Wie auch immer." Luka scheint das alles nicht zu interessieren. „Mein Befehl lautet, dich in Sicherheit zu bringen."

„Deine Befehle? Für wen arbeitest du?" Ich kann nicht umhin, an seiner Loyalität zu Mikhail und der russischen Bratva zu zweifeln. Sergei gab vor, Mikhail gegenüber loyal zu sein. Woher soll ich wissen, dass Luka nicht auch ein Schläferagent ist?

„Mikhail Barinov", sagt Luka. Er schiebt sich an mir vorbei, ergreift meine Hand und zieht mich durch den Tunnel. „Sprich leise", flüstert er.

Ich schweige, bis auf die Atemzüge, die ich mache, weil ich friere und gleichzeitig erschöpft bin. Das Adrenalin pumpt durch meine Adern, während wir durch den dunklen Gang rennen. Alle paar hundert Meter gibt es eine Handvoll Türen, und ich kann nicht einmal erahnen, wohin sie führen oder ob wir noch tiefer in Gefahr geraten.

„Hier lang", sagt Luka, als er eine der Türen aufreißt und wir durch einen weiteren Gang eilen. „Langsam, versuch unauffällig zu sein", sagt er.

Wie soll ich das in einem knallroten Gewand schaffen?

Schritte klappern auf dem Boden, als eine Wache in unsere Richtung kommt.

Luka drückt mich gegen die kalte Steinwand, seine Hände liegen auf meinen Hüften, sein Mund ist auf meinen gepresst.

Der Wachmann pfeift anerkennend, während er an uns vorbeiläuft.

Lukas Finger wandern an meinem Gewand hoch und ich reiße die Augen auf.

Was zum Teufel macht er da? Er ist zu weit gegangen.

Ich trete ihm mit dem Knie in die Leiste und schlage ihm meine Faust ins Gesicht.

Er krümmt sich vor Schmerzen.

Gut!

„Tut mir leid", murmelt Luka. Er will sich schnell entschuldigen, aber es ist zu spät.

Ich schleiche mich an ihm vorbei und gehe in die Richtung, aus der die Wache gerade gekommen ist.

Warum schien er nicht überrascht zu sein, uns zu sehen? Sind die Gäste so gekommen, um den Kampf zu sehen?

Er läuft hinter mir her. „Es tut mir leid. Ich habe versucht, überzeugend auszusehen", sagt er.

Ich ignoriere sein Bitten, während ich die Tür am Ende des Ganges aufstoße. Endlich Freiheit!

Die Tür führt nach draußen. Die Luft ist eisig und kalt. Mit jedem Ausatmen, das mir über die Lippen kommt, stockt mir der Atem. Auf einem verlassenen Parkplatz sind Dutzende von unbeaufsichtigten Fahrzeugen geparkt.

Ich weiß nicht genau, wo wir sind, außer dass wir immer noch in der Stadt sind.

„Wir müssen ein Telefon finden." Zu schade, dass es keine Münztelefone mehr gibt. Mein Handy ist schon lange weg. Ich ziehe den Mantel fester um mich. Meine Füße frieren auf dem kalten Asphalt.

Luka holt sein Handy heraus und reicht mir das Gerät. „Meinst du, das hier?"

Ich möchte ihn am liebsten umbringen. „Das hattest du die ganze Zeit?"

„Auf dem Gelände des Kartells hat es nicht funktioniert", sagt Luka. Er entriegelt sein Gerät. „Aber wir haben jetzt ein Signal."

„Gib es her!" Ich reiße ihm das Telefon aus der Hand und wähle die Handynummer von Agent Kingston.

„Agent Kingston", meldet sich Barrett.

Ich atme erleichtert auf, als er den Anruf entgegennimmt. Sonst wäre es eine unbekannte Nummer gewesen. „Agent Kingston, hier ist Madisyn Taylor", sage ich und nenne meinen verdeckten Nachnamen. Wenn Luka und Mikhails Männer meinen Nachnamen noch nicht herausgefunden haben, er lautet Carter, dann werde ich ihn auch nicht verraten.

„Wo seid ihr? Wir sind in der Barinov-Residenz und haben das Haus auf der Suche nach dir auf den Kopf gestellt."

„Das Kartell hat mich heute Nachmittag aufgegriffen. Einer von Carlos' Männern muss meinen Anruf wegen der Mitfahrgelegenheit abgefangen haben. Ich konnte mit einem von Mikhails Männern entkommen, aber Sie sollten wissen, Sir, dass Aaron Moore mit dem Kartell zusammenarbeitet."

„Bist du sicher?"

„Er arbeitet mit Carlos zusammen und befindet sich gerade in einem illegalen Kampf mit Mikhail. Sie kämpfen um mich als ihre Beute. Luka und ich haben es geschafft, zu entkommen, aber jemand wird schon bemerkt haben, dass wir weg sind. Es wird nicht lange dauern, bis sie nach uns beiden suchen."

„Ich komme und hole dich ab. Wo bist du?", fragt er erneut.

Ich bin mir nicht sicher, wo genau. „Ich setze eine Stecknadel", sage ich und gebe ihm die GPS-Daten, damit er ein Team zur Hilfe schicken kann, bevor ich den Anruf beende.

Ich reiche Luka sein Telefon. „Du solltest von hier verschwinden."

———

Agent Kingston trifft zusammen mit einem Sondereinsatzkommando ein. Ich werde auf den

Vordersitz seines Wagens gehoben, die Heizung läuft auf Hochtouren.

Die Tür bleibt jedoch offen, was zwar nicht dazu beiträgt, meine Füße zu wärmen, aber ich bin nicht mehr so frigid wie vorher.

Ich zeichne ihnen eine Karte und die SWAT-Einheit macht sich bereit, in die Einrichtung einzudringen.

„Habt ihr vielleicht noch ein Paar Stiefel im Kofferraum?", frage ich. Ich will Teil des Teams sein, dass das Kartell infiltriert und den Kampf beendet.

„Schuhe? Damit kannst du nicht taktisch vorgehen", sagt Barrett.

Ich trage noch die Robe. Sie ist kein bisschen unauffällig. Das flammende Rot sticht sogar im Dunkeln hervor, aber es ist besser, als in Unterwäsche herumzulaufen.

Er öffnet den Kofferraum, holt seine Standard-FBI-Jacke heraus und legt sie mir über die Schultern. „Du bleibst hier. Wärm dich auf, versuch dich zu entspannen. Du warst gut da draußen."

Ich fühle mich kein bisschen gut. Mikhail ist immer noch im Ring und kämpft mit Aaron. Vorausgesetzt, einer der beiden hat den anderen noch nicht getötet.

Jede Sekunde fühlt sich wie eine Stunde an, während das SWAT-Team durch denselben Eingang eindringt, durch den wir geflohen sind.

Luka hat meinen Rat nicht befolgt. Er rannte zurück ins Chaos und versuchte, Mikhail zu helfen, bevor das FBI eintraf. Er ist absolut loyal. Luka hatte die Möglichkeit, sich selbst zu retten, aber stattdessen hat er mich rausgeholt und ist dann zu seinem Chef zurückgegangen.

Die Razzia dauert nur ein paar Minuten, aber sie vergehen wie in Zeitlupe. Aus dem abgedunkelten Eingang kommen Männer in Handschellen. Sie werden einer nach dem anderen von den Behörden herausgeführt.

Ich atme erleichtert auf, als Aaron verhaftet wird. Sein Gesicht ist rot, seine Lippe blutig und sein Auge geschwollen.

„Was macht ihr da? Nehmt mir die Handschellen ab!" Aaron streitet sich mit einem der SWAT-Mitglieder.

Ich rühre mich nicht von meiner Position am Rand des Fahrzeugs, wo die warme Luft auf meinen Rücken trifft um mich zu wärmen, während die Kälte meine Wangen streichelt.

„Madisyn, sag ihnen, dass ich vom FBI bin und nicht in Handschellen gehöre.

Ich werde ihnen nichts sagen. Der Bastard verdient es, eine Zelle von innen zu sehen.

„Ich bin vom FBI", fleht Aaron. „Das ist ein Irrtum. Barrett!" Er blickt meinem Vorgesetzten in die Augen. Mein Ex macht einen verzweifelten Eindruck.

Das SWAT-Team und mehrere FBI-Agenten kommen mit Männern in Handschellen aus dem Keller. Mikhail habe ich noch nicht gesehen.

Es sind einige Männer des Kartells, darunter Felix, aber von Carlos fehlt jede Spur.

Konnte er entkommen, bevor das FBI mit der Razzia begann? Er könnte sich überall auf dem Gelände verstecken. Es gab mehrere Tunnel und Räume im Keller, abgesehen von der Hauptebene des Geländes und dem Obergeschoss.

Was ist mit Mikhail und Luka?

Weitere Männer, mehrere unbekannte Gesichter, werden in Handschellen herausgebracht. Sie waren Zuschauer, die sich versammelt hatten, um den Kampf zu beobachten.

Ich zittere. Die Luft ist eiskalt, als ich erkenne, dass Mikhail von einem der SWAT-Anführer nach draußen eskortiert wird. Luka steht in Handschellen direkt hinter ihm.

Mikhail hat nicht mehr als seine Unterwäsche an. Seine Brust ist rot und er wird wahrscheinlich morgen einen Bluterguss haben. Auf seiner Wange ist ein großer Fleck und auf seiner Brust ist eine sichtbare Schnittwunde, aus der Blut tropft.

Im Gegensatz zu den anderen, die zu einem Streifenwagen geführt werden, wird er in einen Krankenwagen gebracht.

Ich klettere aus dem Fahrzeug und schiebe meine Arme in die FBI-Jacke, während ich barfuß über den Parkplatz in Richtung des Tumults eile.

„Agent Carter." Barretts Tonfall warnt mich, wieder ins Fahrzeug einzusteigen.

Das kann ich aber nicht tun. Meine Füße brennen vom kalten Asphalt, aber ich eile zum hinteren Teil des Krankenwagens, wo Mikhail gerade auf eine Trage gelegt wird.

„Du hast es lebend rausgeschafft", sage ich.

„Du auch", flüstert er.

Die Sanitäter heben ihn in den Krankenwagen. Mikhail ist mit Handschellen gefesselt. Sein Blick begegnet meinem. Er unterdrückt jede Andeutung von Schmerz, aber aus der Wunde auf seiner Brust tropft Blut. Die erste war nur oberflächlich, aber die zweite Wunde war schlimmer.

Seine Haut glänzt und ist blass. Der Sanitäter schließt ihn an eine Infusion an, übt Druck auf die Wunde aus und verbindet sie mit einem Verband.

Die Wut, die ich erwartet habe, ist nicht da. Es ist eher Erleichterung, die mich durchströmt.

„Es ist noch nicht vorbei, *Kisa*."

„Das ist es wohl nicht, aber du gehst ins Gefängnis." Ich lächle und trete einen Schritt zurück, damit sich die Sanitäter um Mikhail kümmern können, während ich zum Fahrzeug zurückkehre. Mehr gibt es für mich nicht zu sagen. Er sollte nur ein Auftrag sein.

Ich sollte nicht mit Mikhail, dem Anführer der Bratva, schlafen. Und dass ich mich in ihn verliebe, kommt auch nicht infrage.

Aber als ich mich vom Krankenwagen entferne, werfe ich einen Blick über meine Schulter.

Er grinst mich an, denn irgendwie weiß er, dass er mir unter die Haut gegangen ist und ich ihn nicht vergessen kann. Niemals.

SECHZEHN

Mikhail

Neun Wochen später...

Das FBI hat nichts gegen mich in der Hand. Der Durchsuchungsbefehl für das Bratva-Gelände diente ausschließlich dazu, Madisyn zu finden.

Sie mussten mich freilassen und Luka auch.

„Ich möchte, dass du zum Federal Plaza fährst", sage ich zu Luka.

„Hältst du das für klug, Sir?" Luka sitzt hinter dem Steuer.

Dmitri hat die Stellung gehalten, während ich wegen einer Operation im Krankenhaus war und bis ich wieder entlassen wurde. Wenn es nicht eine Sache ist, ist es eine andere. Die Stichwunde war tief und musste genäht werden, aber durch den Kampf ist auch meine Milz gerissen.

Aber in den letzten Wochen habe ich Luka noch mehr vertraut. Seine Loyalität zur Rettung von Madisyn wird sich eines Tages auszahlen.

„Nein, aber ich will sie sehen."

Ich korrigiere. Ich muss sie sehen. Es ist neun Wochen her, dass ich Madisyn Taylor zu Gesicht bekommen habe. Zumindest ist das der Name, den sie mir sagte, als sie zusammenbrach.

Ihr richtiger Name ist Madisyn Carter. Ich habe es geschafft, in ihrer Vergangenheit zu graben.

Einmal pro Woche fahre ich zu ihrer Wohnung in der Stadt . Spät nachts, wenn sie die Jalousie offen lässt, kann ich sie in ihrem Schlafzimmer sehen, weil das Licht noch brennt.

Es ist fast so, als ließe sie die Jalousien für mich offen. Sieht sie, dass ich sie von meinem Auto aus beobachte, das auf der Straße vor ihrem Haus parkt?

Ich habe mich ihr nicht genähert. Ich habe Abstand gehalten, weil ich sie beschützen will.

Bis nicht alle Kartellmitglieder strafrechtlich verfolgt werden und ihre Organisation auseinanderbricht, wird sie eine Zielscheibe sein, besonders wenn sie glauben, dass wir zusammen sind.

Es ist kein Wunder, dass ihr dämlicher Ex-Freund nicht wusste, dass unsere Beziehung nur vorgetäuscht war. Nun, für mich war sie nicht vorgetäuscht, als sie begann, aber das ist ein Geheimnis, das ich mit ins Grab nehmen werde.

Ich habe Mist gebaut und mich verliebt.

Das darf nicht noch einmal passieren. Ich schwöre es, denn es gab schon zu viele schlaflose Nächte. Ich werde sie zurück in mein Bett holen.

„Es gibt andere Wege, die viel subtiler sind", sagt Luka.

„Du meinst, so wie ihr über den Weg zu laufen?" Ich bin kein subtiler Mann. Ich arbeite zielstrebig, und wenn ich etwas will, nehme ich es mir.

„Du könntest damit anfangen, Blumen zu schicken."

„Ich schicke keine Blumen." Das kann nicht sein Ernst sein. Ich bin nicht im Geringsten weich oder sanft. Das ist nicht meine Art.

Luka versucht verzweifelt, nicht zu lächeln. „Stimmt. Du könntest ihr eine Glock schicken."

„Sehr witzig", murmle ich vor mich hin. „Ich glaube, einer Bundesagentin eine illegale Waffe zu geben, wäre keine gute Idee.

Er zuckt gleichgültig mit den Schultern und konzentriert sich auf die Straße. „Du würdest Handschellen bekommen und sie könnte dich filzen."

Er ist ein toter Mann.

„Ich bin fertig damit, mit dir über Madisyn zu reden. Wie steht es um dein Liebesleben?" Ich bin verbittert, aber das ist mir scheißegal.

„Ungefähr so inexistent wie deines", sagt Luka. „Wir könnten in den Club gehen und uns einen heißen Arsch suchen? Ich bin mir sicher, dass es dort ein Mädchen gibt, das deine Triebe befriedigen kann."

Bei dem Gedanken wird mir ganz schlecht. Ich will keine andere. Ich will Madisyn.

„Nein." Ich unterbreche seinen Vorschlag, denn ich will kein weiteres Wort oder einen weiteren Gedanken darüber hören, was er mit einem Mädchen machen will, das halb so alt ist wie er. Er jagt gerne Ärschen hinterher, und ich bin nur daran interessiert, Madisyn hinterherzujagen.

Verdammt, sie hat mich erwischt.

Scheiße.

„Okay. Wir könnten dir eine Eskorte bestellen?" sagt Luka.

Das ist seine nette Art, vorzuschlagen, eine Prostituierte auf das Gelände zu bringen. Ich brauche nicht für Sex zu bezahlen. Ich kann so viele heiße Frauen haben, wie ich will. Das Problem ist nur, dass diese Frauen nicht Madisyn sind. Es spielt keine Rolle, wie sehr sie ihr ähneln oder wie sie klingen. Sie sind nicht sie.

Ich bin entsetzt über seine Bemerkung. „Oder wir entführen Madisyn, dann kann ich mit ihr machen, was ich will."

Luka blickt mich an. „Das ist eine Möglichkeit, aber darf ich dich daran erinnern, was das letzte Mal passiert ist, als sie verschwunden ist? Das FBI hat unser Gelände durchsucht und wir hatten sie nicht einmal in unserem Besitz."

Er hat recht.

Aber das ist mir egal. Ich will sie und ich will mein Glück mit ihr suchen.

„Hole sie zurück und bringt sie zu mir nach Hause."

Lukas Knöchel werden weiß, als er das Lenkrad umklammert. „Und wenn sie nicht freiwillig mitkommt, Sir?"

„Das wird sie." Zweifellos hat sie ohne meine Berührung auf ihrer geschmeidigen Haut Qualen erlitten. Sie wird sich meinem Willen beugen, oder ich werde sie brechen, wenn es nötig ist.

———

Ich sorge dafür, dass meine Männer das Gelände in Ordnung und sauber halten und, was noch wichtiger ist, dass alles, was sie belasten kann, weggeschlossen und versteckt wird.

Sie nach Hause zu bringen ist ein Risiko, aber eines, das ich bereit bin, einzugehen.

Wenn ich ein ehrbarer Mann wäre, würde ich sie in Ruhe lassen, sie ihr Leben leben lassen und den Moment, den wir geteilt haben, vergessen.

Aber das bin ich nicht im Geringsten. Ich bin stolz darauf, brutal und rücksichtslos zu sein. So habe ich überlebt, als mein Vater Pakhan war und ich nichts weiter als ein einfacher Fürst.

Mit der Brutalität kommt die Stärke. Er hat mir alles beigebracht, was ich weiß, und dank seiner Weisheit und Führung konnte ich den Thron übernehmen, als er starb.

Das geschah nicht ohne Kampf.

Seine Männer haben vielleicht meine Befehlsgewalt infrage gestellt, aber niemals meine Loyalität. Jetzt liegen sie mir zu Füßen, wenn ich das von ihnen verlange.

Mit Ausnahme von Sergei.

Er ist der einzige Fehler, der mich nachts wach hält.

Nun, abgesehen von Madisyn. Diese Frau ist eine Füchsin und hat mich getäuscht.

Sergei hat Glück, dass er tot ist. Wäre er es nicht, hätte ich den Bastard für das, was er der Familie angetan hat, aufgeschlitzt.

Ich werfe einen Blick auf meine Uhr und schnappe mir meinen Mantel. „Los geht's!", rufe ich Luka zu.

„Ich dachte, du wartest hier?" Luka schnappt sich die Schlüssel und begleitet mich zum SUV. Er schließt die Türen auf und klettert auf die Fahrerseite, um mich herum zu chauffieren.

Ich könnte selbst fahren, aber er ist auch mein Bodyguard und ich weiß es zu schätzen, dass er sich vergewissert, dass uns niemand folgt. Er ist darauf trainiert, das Unerwartete vorauszusehen. Ich kenne meine Schwächen und verlasse mich auf Männer, die mich vor dem Tod bewahren.

„Ich will Madisyns Gesicht sehen, wenn wir auftauchen."

„In Ordnung, Boss."

Ich setze mich zu Luka nach vorn. Wir verlassen das Gelände und fahren quer durch die Stadt in die entgegengesetzte Richtung zu ihrer Wohnung. Ihre Wohnung war nicht so weit von meiner entfernt, aber ich bin mir sicher, dass es Absicht war, während sie undercover gearbeitet hat.

Es ist viel Verkehr, aber wir sind zeitig genug losgefahren, um sicherzugehen, dass sie noch nicht von der Arbeit nach Hause gekommen ist.

Luka hat ihre Aktivitäten beobachtet und verfolgt sie täglich. Sie nimmt die U-Bahn, was bedeutet, dass sie zu Fuß nach Hause gehen wird, anstatt zu fahren. So haben wir Zeit, neben ihr herzufahren, bevor sie in ihr Gebäude geht.

Als wir um die Ecke biegen und an der U-Bahn-Station vorbeikommen, sehe ich als erstes ihren knallroten Mantel und ihre langen vanillefarbenen Locken, die halb über ihren Rücken reichen.

Das Mädchen sollte einen Hut und einen Schal tragen.

Er verlangsamt den Geländewagen fast bis zum Stillstand, als wir neben Madisyn auftauchen. Ich drücke den silbernen Knopf, und das Fenster wird heruntergekurbelt.

Sie zittert wegen der kalten Luft. Ein Blick in meine Richtung, und ihre behandschuhten Hände sind zu Fäusten geballt. Madisyn stößt einen schweren

Seufzer aus, und ihr Atem hängt in der Luft. „Was willst du, Mikhail?"

Die Art und Weise, wie sie meinen Namen ausspricht, lässt meinen Schwanz in meiner Hose erregen. Ich sollte nicht so versessen auf ein Mädchen sein, aber sie hat mich innerlich gefesselt, und ich muss den Knoten lösen.

„Steig ein", sage ich mit fester Stimme und nicht gerade freundlich.

Sie blickt von mir zu ihrem Gebäude.

Versucht sie zu entscheiden, ob sie rennen und es hineinschaffen kann, bevor ich sie erwische?

Sie bleibt stehen, und Luka tritt auf die Bremse. Die kühle Luft dringt in den Wagen und ich bin dankbar, als Luka die Heizung aufdreht.

Madisyn kommt keinen Schritt näher. „Was willst du?", fragt sie und verschränkt ihre Arme vor der Brust. Ihre schwarzen Lederhandschuhe heben sich von ihrem knallroten Wollmantel ab.

„Ich möchte, dass du in das Fahrzeug steigst."

Sie blickt um sich, es wird schon dunkel und es sind keine anderen Fußgänger auf der Straße zu sehen.

Sucht sie nach jemandem, der ihr hilft?

Nach einem Moment kommt sie zum Geländewagen und reißt die Hintertür auf.

„Das war einfacher, als ich dachte", murmle ich, als sie die Tür zuknallt.

Ich schließe das Fenster. Die Hitze füllt die Leere und wärmt den SUV wieder auf. Ich drehe mich auf meinem Sitz um und schaue ihr entgegen.

Luka lenkt den Wagen vom Bordstein weg und fährt zurück auf das Gelände.

„Wie geht es dir?", frage ich. Ich habe mich gefragt, wie es ihr nach dem Vorfall mit dem Kartell ergangen ist. Ich bin Luka dankbar, dass er sie vor der Razzia rausgeholt hat. Allerdings ist sie dafür verantwortlich, dass das FBI während des Kampfes eingeschaltet wurde.

Das war wahrscheinlich das Beste, denn es hat mich davor bewahrt, einen FBI-Agenten, nun ja, einen Ex-Agenten, töten zu müssen. Er sitzt im Gefängnis und wartet auf seinen Prozess. Es war in den letzten Wochen überall in den Nachrichten.

Sie lacht leise vor sich hin. „Du hast mich nicht gebeten, auf dem Rücksitz Platz zu nehmen, damit du sehen kannst, wie es mir geht."

Madisyn ist schlau. Ich habe ihr noch nie genügend zugetraut.

„Wie geht's Aaron?" ‚frage ich mit einem schiefen Grinsen.

„Ich habe noch nicht mit ihm gesprochen, aber er ist hinter Gittern. Genau wie du es sein solltest."

„Autsch." Ich tue so, als wäre ich von ihrer Bemerkung verletzt. „Du willst doch nicht, dass ich verhaftet werde." Ich würde gerne glauben, dass ich es geschafft habe, mich über ihr kühles Äußeres hinwegzulavieren. Es ist nur eine Fassade, eine Show, die sie wegen ihres Jobs aufziehen muss.

Ihr Blick wird fester und sie legt den Kopf leicht schief. „Du scheinst die unheimliche Fähigkeit zu haben, einer Strafverfolgung zu entgehen."

„Das liegt daran, dass es keine Beweise gibt."

Sie atmet leise aus und schnallt sich an. „Wo bringst du mich hin? Wenn du vorhast, mich umzubringen, möchte ich wenigstens die Möglichkeit haben, meinen Hund herauszulassen und ihn bei einer Nachbarin zu lassen.“

„Sie hat keinen Hund“, sagt Luka.

„Ich könnte einen Hund haben“, scherzt Madisyn. Sie beugt sich vor. „Du hast mir nachspioniert?“

„Er hat auf meinen Befehl hin dafür gesorgt, dass du in Sicherheit bist und das Kartell dich in Ruhe lässt.“ Ich will nicht, dass sie Luka an die Gurgel springt. Er hat ihren Zorn nicht verdient. Wenn sie auf jemanden wütend sein will, kann sie ihre Frustration an mir auslassen.

„Ich habe meine Dienstmarke und eine Waffe. Ich bin eine FBI-Agentin, falls du das vergessen hast“, sagt Madisyn.

Mein Kiefer verkrampft sich, und ich beiße die Zähne zusammen. „Ich habe es nicht vergessen.“ Sie hat die unheimliche Fähigkeit, mir unter die Haut zu gehen. Ich möchte ihr eine Lektion erteilen und sie dazu bringen, dass sie mich um Verzeihung bittet für das, was sie getan hat, ihren Verrat.

Ich atme einen langen, langsamen Atemzug aus. „Warum bist du in das Fahrzeug gestiegen, wenn du denkst, dass wir dich umbringen werden?“

Sie lehnt sich im Sitz zurück und macht es sich bequem. Ihre Schultern entspannen sich und sie presst die Lippen aufeinander. Aber sie antwortet nicht.

Glaubt Madisyn, dass ich ihr wehtun werde?

Ja, ich bin zu grausamen Taten fähig. Ich habe Familien und Kinder bedroht, aber nur, weil ich meine eigene Familie beschützt habe.

Eine Familie, die mich verleugnet hat.

Die Bratva ist mein Blut. Sie ist die einzige Familie, die mir noch etwas bedeutet. Meine Schwester und ihre beiden Kinder sind weg, raus aus meinem Leben. Sie spielt Hausfrau mit einem meiner verhasstesten Feinde und zieht die Zwillinge mit ihm groß.

Er ist ihr Vater, aber sie hätte klüger und vorsichtiger sein müssen.

Aber ich habe ihr nie etwas getan. Nun, nicht ohne Grund. Vielleicht hätte ich meiner Wut freien Lauf lassen sollen, aber ich habe sie gehen lassen, damit sie bei dem Mann sein kann, den sie liebt.

Ich hasse den Bastard immer noch. Ich bin auch nicht besonders interessiert an ihr.

Familie ist für mich, die Bande die wir knüpfen, nicht das Blut, das durch unsere Adern fließt. Meine Brüder sind die Bratva, die Männer, die loyal sind und ihr Blut vergießen würden, um sich gegenseitig zu beschützen. Sie sind hingebungsvoll und ehrenhaft, Männer, für die es sich lohnt, zu kämpfen und an ihrer Seite zu sein.

Madisyn antwortet nicht auf meine Frage, warum sie in den Geländewagen geklettert ist, wenn sie dachte, ich würde sie töten. Weil sie nicht glaubt, dass ich ihr etwas antun werde.

Wenn ich ihren Tod gewollt hätte, wäre sie bereits begraben und die Beweise vernichtet worden.

„Wie lange wird das dauern? Ich habe heute Abend ein heißes Date", sagt Madisyn.

Ich knurre bei ihren Worten. Der Gedanke, dass jemand anderes in ihre Nähe kommen könnte, macht mich nervös. „Gib mir dein Handy."

Sie zieht die Stirn in Falten, aber sie gibt mir ihr Handy. „Ich schätze, du wirst mich auch filzen wollen."

Ein schiefes Lächeln umspielt meine Lippen. Wenn ich mir vorstelle, wie meine Finger über jede Kurve ihres köstlichen Hinterns fahren, pocht mein Schwanz.

„Ich will das nicht nur. Ich muss dich filzen", sage ich. Bei dem Gedanken, sie gegen eine Wand zu drücken und ihre Beine zu spreizen, möchte ich das Fenster herunterkurbeln.

Ist es warm hier drin?

Das Letzte, was ich will, ist, dass Madisyn merkt, dass sie mich unter ihrer Fuchtel hat. Nein, ich bin derjenige, der die Kontrolle hat. Nicht sie. So muss es auch sein.

SIEBZEHN

Madisyn

Warum zum Teufel bin ich wider besseres Wissen auf den Rücksitz des Fahrzeugs der Bratva geklettert?

Bin ich verrückt geworden?

Wenn Mikhail mich tot sehen wollte, hätte er nicht darauf bestanden, dass sein Partner mich vor einigen Wochen aus dem Kartellgelände holt.

Er will wahrscheinlich nur reden. Und er ist nicht der Einzige, der reden muss.

Aber warum konnte er das nicht hier tun? In der Nähe meiner Wohnung. Warum will er zu seinem

Haus fahren? Zumindest ist das die Richtung, in die sein Fahrer fährt.

„Wie lange wird das dauern?", frage ich. Ich muss wissen, welches Spiel Mikhail spielt. Ich schulde ihm etwas dafür, dass er mich vom Kartell weggeholt hat, und noch viel mehr schulde ich ihm eine Entschuldigung dafür, dass ich mit ihm geschlafen habe.

Ich bin nicht die Art von Mädchen, die Arbeit und Vergnügen vermischt. Aber genau das habe ich getan und ich kann nicht aufhören, an seine Finger zu denken, die sich in meine Hüfte graben, an meinen Körper, der seinen Schwanz umschließt.

Mikhail schaut zu mir rüber. Durch den Wollmantel und meine schwarzen Slipper kann er nicht viel sehen.

Weiß er, dass ich von der Arbeit suspendiert bin? Mit dem Anführer der Bratva zu schlafen, ist schlecht. Ich hätte meinen Job nicht verloren, wenn ich die Wahrheit gesagt hätte, aber diesbezüglich zu lügen ist problematisch. Zumindest, wenn es nach dem taktischen Handbuch des FBI geht.

Ich habe einen Regelverstoß begangen und ein solcher bedeutet eine dreißig tägige Suspendierung ohne Bezahlung.

Ich habe Glück, dass ich nicht komplett erwerbslos bin.

„Wen triffst du?", fragt Mikhail und ignoriert meine Frage.

„Was?"

Luka hält den Wagen vor dem Eingangstor des Bratva-Geländes an. Mein Magen macht Donuts wie auf einer vereisten Straße und gerät dabei völlig außer Kontrolle.

„Du hast erwähnt, dass du heute Abend ein heißes Date hast. Mit wem ist es?" Mikhail ist mit seinem Verhör wieder an mir dran.

„Es ist niemand, den du kennst", lüge ich. Ich habe kein Date. Ich wollte nur sehen, ob er eifersüchtig sein würde. Er scheint ein eifersüchtiger Typ zu sein, der mich nicht mit einem anderen Mann teilen will.

Das ist wahrscheinlich das Beste. Ich glaube nicht, dass ich zwei besitzergreifende Männer auf einmal ertragen könnte.

Ich grinse, als Luka den Motor auf Parken stellt und die Türen entriegelt. Ich habe die Kindersicherung überprüft, als ich ins Auto eingestiegen bin. Ich öffne die Tür, steige aus und strecke meine Beine aus.

Er springt praktisch aus dem Fahrzeug, um sein Verhör zu beenden. Er ist genauso schlimm wie das FBI, wenn es darum geht, auf der Stelle eine Antwort zu verlangen. „Wer ist es?" Mikhail knurrt mich an.

„Warum willst du das wissen? Bist du eifersüchtig?"

Er starrt mich mit einem durchdringenden Blick an. „Heute Abend gehörst du mir. Wen auch immer du triffst, sag ihm, dass du es nicht schaffen wirst."

Er drückt mir mein Handy wieder in die Hand.

Ich öffne meinen Mund und bin überrascht, dass er mein Handy nicht behält. Er hat mich auch noch nicht nach einer Waffe durchsucht.

Ich öffne meine Textnachrichten und werfe einen kurzen Blick darauf, bevor ich mein Handy wieder in meine Tasche stecke. Es gab keine neuen Nachrichten, nicht dass ich etwas erwartet hätte.

Es gibt kein heißes Date.

Es sei denn, du zählst eine Packung Eiscreme und einen Liebesfilm vor dem Fernseher. Nicht, dass Mikhail wissen müsste, was ich geplant hatte. Es geht ihn ja nichts an.

„Komm rein", sagt Mikhail. Das ist keine Einladung. Es ist ein Befehl. Er ergreift meine Hand und führt mich durch die Vordertür hinein.

Mir stockt der Atem, aber ich gehorche und folge ihm ins Haus. Luka ist ein paar Meter hinter uns und schließt die Tür, nachdem er eingetreten ist.

Mikhail führt mich den Flur entlang ins Arbeitszimmer und schließt die Tür hinter uns.

„Was machen wir hier?", frage ich, weil ich nicht verstehe, warum er mich in sein Haus gebracht hat.

„Setz dich." Er deutet auf das Sofa.

„Ich stehe lieber." Ich verschränke die Arme vor der Brust, mein Mantel sitzt immer noch fest, obwohl mir langsam warm wird.

„Okay, bleib stehen. Wollen wir darüber reden, was du getan hast?"

„Was ich getan habe?" Ich spotte über seine Frage.

„Du hast mit mir geschlafen. War das Teil deines Auftrags?" fragt Mikhail. Er kommt näher, um den Abstand zwischen uns zu verringern.

Ich bewege mich nicht. Mein Körper ist wie erstarrt.

Mikhail streckt seine Hand aus und streicht mir eine Haarsträhne hinters Ohr.

Ich zucke zurück und ein Schauer durchfährt mich. Bemerkt er die Wirkung, die er auf mich hat? Ich räuspere mich und versuche, die Hitze zu verbergen, die in mir aufsteigt.

„War es das?" Er ist weniger geduldig, als ich es in Erinnerung habe. Selbst wenn er wütend auf mich ist, strahlt er eine Wärme und Leidenschaft aus.

Meine Stimme ist leise, und meine Frage ist kaum mehr als ein Flüstern. „Hasst du mich?" Ich muss die Wahrheit wissen, denn wenn die Rollen vertauscht wären, bin ich mir nicht sicher, ob ich es könnte, ihm zu verzeihen. Ich bin schon zu oft verbrannt worden.

„Ich sollte", sagt Mikhail. „Ich sollte dich hassen und mir schwören, nie wieder mit dir zu sprechen."

Meine Lippen öffnen sich und ich atme gleichmäßig und langsam aus. „Das habe ich verdient", sage ich. Mein Blick fällt auf den Boden. Warum hat er mich hierher gebracht? Um mich zu verspotten und zu ärgern? Möchte er mich daran erinnern, wie sehr ich ihn verletzt habe und wie unendlicher mich hasst?

„Nun, das ist nicht das, was ich will." Mikhail ist wieder vor mir. Diesmal sind seine Finger in meinen Haaren. Er packt eine Handvoll meiner blonden Locken, zerrt an den Strähnen und führt mein Gesicht zu seinem hinauf. „Ich will dich, *Kisa*."

Jeder Atemzug, den ich mache, wird lauter, tiefer und rauer. Ich will ihn auch. Aber er ist Bratva. Er ist alles, was ich nicht sein kann. Ich bin gut. Er ist böse.

Aber die Welt ist nicht ganz so schwarz und weiß.

Er hat mir das Leben gerettet.

Eigentlich hat mich sein Kamerad gerettet, aber das geschah auf Mikhails Befehl. Er hat versucht, am Leben zu bleiben, während ich geflohen bin.

„Das ist gegen die Regeln", sage ich und schaue in seinen dunklen, erhitzten Blick.

Seine Stimme wackelt nicht. Er fragt nur lauter und eindringlicher. „Wessen Regeln?"

Mein Mund ist trocken. Ich bin bereits in Schwierigkeiten mit meinem Job. Wenn ich mit Mikhail zu tun habe, werde ich nie wieder eine Chance beim FBI bekommen. „Es ist gegen die Regeln, mit einem bekannten Verbrecher zusammenzuarbeiten."

„Ich bin nicht verurteilt worden", prahlt Mikhail.

Er hat nicht unrecht, aber die Semantik spielt keine Rolle. Das Office of Professional Responsibility sitzt mir bereits im Nacken, weil ich sie angelogen habe. Mit ihm zu schlafen und überhaupt eine Beziehung zu haben, wird dafür sorgen, dass ich meinen Job verliere.

Seine Lippen schließen sich auf meinen und ich keuche unter dem Druck, der sich aufbaut und dem lodernden Inferno in mir. Mikhail zieht mich fester an sich und ich spüre, wie seine Erregung zwischen uns wächst.

„Ich will dich, *Kisa*."

„Du könntest jede haben", sage ich.

Warum will er mich?

Ich bin ein Niemand, ein Mädchen, das ihn verraten hat. Macht er das, um sich an mir zu rächen? Um mir zu zeigen, wie es ist, der Narr zu sein?

Er erobert wieder meine Lippen, aber dieses Mal strahlt er eine gewisse Rauheit aus. Er schiebt mir meinen Mantel von den Schultern, und er fällt leise zu Boden.

Meine aktuellen Gedanken werden aus meinem Kopf verdrängt, als seine Finger meinen Hals zur Seite führen. Er küsst einen Weg über meinen Hals und fordert mich ein.

Ich schreie auf, als er seine Spuren auf meiner Haut hinterlässt und in mein Schlüsselbein beißt. Mein Hals liegt frei, während er mit seiner Zunge über mein Fleisch streicht und seine Finger meinen Rock höher schieben.

Seine Berührung setzt meinen Körper in Brand.

Mikhail drückt mich mit dem Rücken gegen das Fenster. Die kühle Glasscheibe jagt mir einen Schauer über den Rücken.

„Kalt?", flüstert er und knabbert an meinem Hals.

„Ja", flüstere ich und antworte ihm mit der Wahrheit. Meine Brustwarzen sind durch die plötzliche Kälte in meinem Rücken hart geworden. Schon bald wird er den Beweis dafür sehen.

Mit einer Hand packt er meinen Kiefer. „Gut. Lüge mich nie wieder an, Kisa."

Niemals.

Er schiebt meinen Rock höher. Seine Finger schieben mein Höschen zur Seite, während er mich mit seinen Fingern neckt. Er lehnt sich näher heran und sein Atem kitzelt mein Ohr. „Willst du, dass ich dich ficke?"

Meine Lippen öffnen sich, aber es folgen keine Worte.

Mikhail zieht sich zurück und lässt mich aus seiner Umklammerung los.

„Warum hast du aufgehört?" Mein Herz klopft und schlägt gegen meinen Brustkorb. Ich hätte mich ihm völlig ausgeliefert, damit er mit mir machen kann, was er will.

Er kichert leise vor sich hin. „*Kisa*, du musst mir antworten, wenn ich dir eine Frage stelle." Sein

Daumen streicht über meine Wange und ich lehne mich in seine Berührung.

„Ich werde dir antworten", sage ich. Es kostet mich mehr Kraft, als ich je gedacht hätte, zu sprechen, den einfachen Gedanken „Ja" laut auszusprechen.

Erführt mich zum Sofa und dreht mich so, dass ich mit dem Gesicht zur Armlehne des Sofas stehe. „Bück dich", weist er mich an und führt mich nach vorn, während er meinen Rock anhebt.

Ein kühles Gefühl umschmeichelt meine Haut, als die Luft meinen mit Höschen bekleideten Po erreicht. Er zieht den Satinstoff zu Boden und seine Finger streichen über meinen Hintern, bevor er meine Wangen streichelt.

„Autsch!" Ich keuche und spanne meine Pobacken an. Meine Augen weiten sich, und ich ziehe mich zurück, stehe auf und bedecke mich. Mein Rock fällt zurück um meine Taille. „Hast du mich gerade versohlt?"

Er packt mich an der Taille und drückt mich an sich. Seine Finger gleiten unter meinen Rock. „Spreize deine Beine", befiehlt er.

Ich tue, was er befiehlt. „Ich sollte dir eine Lektion erteilen, weil du gelogen und mich betrogen hast", sagt Mikhail.

Ich atme scharf ein. „Wirst du mir wieder den Hintern versohlen?" Der Raum ist gefühlt tausend Grad heiß und ich bin kurz davor, mich all meiner Kleidung zu entledigen, aber wenn er mich übers Knie legen will, bin ich mir nicht sicher, ob ich dazu schon bereit bin.

„Das ist eine Art der Bestrafung", sagt er.

Mikhails Finger streicheln mich unter meinem Rock und erforschen meine Falten.

Ich atme scharf aus, als seine Berührung ein pochendes Gefühl in meinem Inneren entfacht. Es kommt selten vor, dass ein Mann mich zum Äußersten gebracht hat. Normalerweise sind sie schnell, flink und nur darauf aus, sich selbst zu befriedigen.

Aber Mikhail ist schon jetzt anders.

„Du bist nass, *Kisa*. Obwohl ich die Bestrafung normalerweise sehr effektiv finde, mache ich mir Sorgen, dass du sie vielleicht etwas zu sehr genießt."

Er streichelt meine Muschi und ein leises, gutturales Stöhnen entweicht ihm.

Das pochende Gefühl wird noch intensiver und Mikhail scheint zufrieden mit seiner Leistung zu sein.

„Deine Bestrafung wird später festgelegt", grunzt er, während er seinen Gürtel lockert und den Reißverschluss seiner Hose öffnet.

„Gut", flüstere ich und lasse meinen Blick nach unten wandern.

Ich greife nach ihm, helfe ihm aus seiner Hose und seinen Boxershorts und gehe auf die Knie, um ihn in meinen Mund zu nehmen.

Er packt mich mit einer Hand an den Haaren und bringt mich wieder zum Stehen. „Später", sagt er. „Jetzt will ich deine enge kleine Muschi um meinen Schwanz spüren. Ich will hören, wie du meinen Namen schreist."

Mein Inneres pocht bei seinen Worten, bei seiner Dominanz. Er ist anders als alle Männer, mit denen ich je geschlafen habe. Keiner von ihnen war jemals ein Mitglied der Bratva, geschweige denn der Anführer.

Ich öffne zwei Knöpfe an seinem Hemd, bevor er sich den Stoff vom Leib reißt und die weiße Baumwolle auf den Boden fällt. „Du hast dir zu viel Zeit gelassen", sagt er.

Er ist umwerfend, und obwohl ich ihn schon früher nackt gesehen hatte, konnte ich seine gemeißelten Bauchmuskeln und seinen strahlenden Körper noch nicht bewundern. Meine Handfläche streichelt seine Brust und seinen Bauch hinunter und ich spüre seine Muskeln unter meiner Berührung.

„Komm mit mir." Er führt mich zur Armlehne des Sofas. „Spreize deine Beine", flüstert er mir ins Ohr. Mikhails Hand führt mich nach vorn und drückt mich gegen das Sofa, über die Armlehne, während er in mich stößt.

Er ist nicht im Geringsten sanft oder langsam. Und ich bin dankbar, dass wir beide das Gleiche wollen. Meine Finger krallen sich in die Polsterung des Sofas, während ich mich nach vorn lehne.

Sein Schwanz stößt in mich und ich fasse mit einer Hand an meinen Kitzler.

„Was machst du da?" Seine Stimme ist rau und scharf.

Was glaubt er denn, was ich hier tue?

„Ich schmeiße eine Party", erwidere ich.

Er lacht leise vor sich hin. Findet er das lustig? Das sollte es eigentlich nicht sein, aber wenn es ihn anmacht, will ich es auch, verdammt!

Ich höre nicht auf, meine Finger um meinen Kitzler kreisen zu lassen, während er weiter in mich stößt und das Tempo beschleunigt. Ich schließe meine Augen und mein Inneres bebt und zittert, als die ersten Zuckungen durch mich hindurchschimmern.

Mikhail knurrt mich an und stößt meine Hand weg, während er mit zwei Fingern meine Klitoris reizt. „Ich bin der Einzige, der dir Freude bereiten wird", knurrt er mir ins Ohr. „Vergiss das nie, *Kisa.*"

Meine Hüften kreisen mit ihm, und mit der anderen Hand hält er meine Taille fest, während er härter stößt und tiefer in mich eindringt.

Ich bin kurz davor, mich zu befreien und will es. „Dann lass mich verdammt noch mal kommen", sage ich. Mein Atem ist rasselnd und schwer.

Normalerweise würde ich es hassen, in dieser Position über das Sofa gebeugt zu sein, aber mit

Mikhail ist es intim, und er hat die Kontrolle. Ich habe noch nie die Macht an jemanden abgegeben.

Aber ich würde mich ihm bereitwillig unterwerfen.

Ich verstehe es nicht, aber es macht mich an.

Er törnt mich an.

Er beißt mir in den Nacken. Das Gefühl treibt mich zum Äußersten.

Ich kralle mich an seinem Schwanz fest. Die Spasmen durchzucken mich, lassen mein Inneres erzittern und mein Herz in meiner Brust heftig pochen.

Er grunzt in mein Ohr, als er loslässt und sich in mir entlädt.

Ich ringe nach Luft, als ich aufstehe, mich langsam umdrehe und meine Arme um seine Taille schlinge. „Das kann nichts zwischen uns sein", sage ich. Ich weiß nicht, was er erwartet, aber wenn ich meinen Job zurückhaben will, kann ich nicht mit Mikhail schlafen.

Aber es ist viel komplizierter als nur mein Job.

„Ich bin schwanger", flüstere ich.

„Schon? Ich glaube nicht, dass es so funktioniert." Er kichert und küsst mich auf die Stirn.

Ich schüttle den Kopf. „Ich bin mindestens in der neunten Woche schwanger, Mikhail. Deshalb bin ich von der Arbeit suspendiert, weil ich meine Vorgesetzten über das, was zwischen uns vorgefallen ist, angelogen habe. Ich habe ihnen gesagt, dass ich dein Baby bekomme."

Ein Anflug von Wut erhellt seine Züge. „Du hast es ihnen gesagt, bevor du es mir gesagt hast?"

Ich wusste nicht, wie Mikhail auf die Nachricht reagieren würde, und seine Beteiligung würde alles verändern. Ich könnte nicht länger ein FBI-Agent sein. Ich würde aus meinem Job gedrängt werden.

„Ich fühlte mich nicht hundertprozentig wohl und sie schickten mich zu einem Arzt. Ich hatte nicht vor, es ihnen vorherzusagen, aber ich sagte etwas zu Savannah, meiner Kollegin, und sie zerrte mich ins Büro meines Chefs. Und dann wurde ich wegen meines Verhaltens suspendiert."

„Ich möchte, dass du bei mir einziehst", sagt Mikhail.

Seine Antwort hat mich überrumpelt. Ich habe ihm gerade gesagt, dass wir unsere Eskapaden nicht fortsetzen können. Ich bin schwanger und er will, dass ich meinen ganzen Kram zusammenpacke und zu ihm ziehe?

Das kann doch nicht sein Ernst sein. „Bist du verrückt?" Er muss den Verstand verloren haben, und es sind die Endorphine, die ihn zu dummen Vorschlägen verleiten.

„Es ist sicherer, wenn du hier bist, unter meinem Dach."

So weit sind wir noch nicht. Wir sind noch nicht mal annähernd an diesem Punkt angelangt. „Das ist kein Grund, mit jemandem zusammenzuziehen. Außerdem war das doch eine einmalige Sache. Stimmt's?"

Seine Finger krallen sich in meine Hüfte und ziehen mich dicht an sich heran. „Ich will nicht, dass es vorbei ist. Du bekommst ein Kind von mir. Es ist meins, richtig?" Seine Stimme ist rau und tief.

„Natürlich ist es von dir. Ich schwöre bei meinem Leben. Du bist der Vater."

Seine andere Hand wandert an meine Wange und er schiebt mir eine Haarsträhne hinters Ohr. „Ich will dich, *Kisa*. Ich bin nicht zu dir nach Hause gekommen, um dich zu ficken."

„Bist du dir da sicher?" Genau das ist passiert, ob er es nun wollte oder nicht.

Er packt meine Haare mit seiner Hand und hebt meinen Kiefer an, damit ich ihn ansehe. „Willst du zu deinem kleinen Date nach Hause gehen?", fragt er verächtlich.

„Es gibt kein Date", gestehe ich und meine Wangen brennen.

„Wenn du nicht bei mir einziehst...", flüstert er und lehnt sich näher zu mir. Seine Lippen kitzeln meinen Hals und streifen meine nackte Haut. „... kann ich nicht in dein Bett klettern, wann immer ich will. Dieses Spiel zwischen uns wird für immer vorbei sein. Weißt du, warum das so ist?", fragt er.

Mein Atem bleibt mir im Hals stecken. „Warum?", krächze ich.

„Das FBI wird dich beobachten. Ich kann nicht riskieren, dass du mit Informationen angekrochen kommst. Beweise, dass du mich in deinem Leben und im Leben unseres Kindes haben willst."

Er drückt mir einen heißen Kuss auf den Mund, bevor er an meiner Unterlippe zupft und sie zwischen die Zähne nimmt.

Ich wimmere als Antwort. Alle Gedanken sind für einen Moment verflogen, als er wieder eine Wärme in mir entfacht.

Er gibt seinen Griff um meinen Mund auf und lässt mich sprechen.

„Wie soll ich es beweisen?", frage ich.

„Zieh mich ihnen vor. Zieh bei mir ein."

Sein Blick ist finster, und er neigt den Kopf, starrt mich an und wartet auf meine Entscheidung. „Dich wählen?", flüstere ich. Ist das überhaupt eine Wahl?

Ich kenne Mikhail kaum, und die Dinge, die ich über ihn gelesen habe, machen ihn zu einem Monster. In der Zeit, die ich mit ihm verbrachte, habe ich die rücksichtslose und gefährliche Seite noch nicht gesehen.

Ich möchte glauben, dass dieser Mann zwei Seiten hat, eine Version, die nicht ganz so böse ist. Das Gefährliche macht mir keine Angst. Vielleicht sollte es das aber. Er ist nicht der nette Junge von nebenan.

Mikhail ist der Mann der Albträume, die dich schweißgebadet aufwecken.

Ich sollte nicht mit ihm zusammen sein. Ich sollte weglaufen, solange ich noch kann, solange ich noch frei bin. Aber ich will mich nicht von ihm abwenden. Stattdessen unterwerfe ich mich ihm. Es ist unverantwortlich und verrückt, aber er hat mir das Leben gerettet, und der Gedanke, dass er in mein Bett klettert, wann immer er will, erregt mich auf eine Art und Weise, wie es nicht sein sollte.

„Beweise deine Loyalität", sagt Mikhail.

„Habe ich das nicht schon getan?", frage ich. Ich befreie mich aus seiner Umarmung und gehe zu meinem Mantel der auf dem Boden liegt. Ich greife nach dem Wollmantel, schiebe meine Hand in die Innentasche und hole einen USB-Stick heraus.

„Du hast ihn nicht gegen mich benutzt?", fragt Mikhail, dessen Überraschung in seiner Stimme deutlich zu hören ist.

„Ich habe dir meine Treue geschworen", sage ich und schaue in seinen finsteren Blick.

Er fasst mich mit einer Hand am Handgelenk, und mit der anderen lasse ich den Stick in seine Handfläche fallen. „Keiner kennt deine Geheimnisse. Nicht einmal ich."

Ich habe den USB-Stick nie an einen Computer angeschlossen. Es wäre ein Leichtes gewesen, ihn zu verraten, und verhaften zu lassen. Zweifellos gibt es belastende Beweise, etwas, das ihn mit all den Verbrechen in Verbindung bringt, die seine Männer und er begangen haben.

„Du hast mich beschützt", sagt Mikhail und schließt seine Hand um das Laufwerk. „Du hättest es dem FBI übergeben können, warum hast du es nicht getan?"

Ich weiß es ehrlich gesagt nicht. „Ich schätze, ich bin wohl doch kein guter Agent", sage ich.

Sein Blick verschärft sich. „Das glaube ich nicht eine Sekunde lang. Sag mir die Wahrheit, *Kisa*."

Ich presse meine Lippen zusammen. Es ist schwieriger, die Wahrheit laut auszusprechen. „Ich glaube, als es an der Zeit war, den USB-Stick zu übergeben, habe ich schon Gefühle für dich entwickelt."

Seine Gesichtszüge werden weicher und ein schiefes Grinsen umspielt seine Mundwinkel. „Ist das so?"

Ich zittere und schnappe mir meine Kleidung vom Boden. Ohne seinen Körper, der sich an meinen schmiegt, ist der Raum noch kälter.

Mikhail schnappt sich sein Hemd vom Boden. Die Knöpfe liegen verstreut herum und er zieht den weißen Baumwollstoff um meine Schultern und lässt ihn über mich herabhängen. „Ich mag es, wenn du mein Hemd trägst."

„Warum das?", frage ich und schiebe meine Arme in die Ärmel. Ich ziehe die vorderen Aufschläge zu.

„Es ist sexy, wenn jeder weiß, dass du und das Baby, das in dir wächst, zu mir gehören."

EPILOG

ICH KÜNDIGE beim FBI und nehme eine Vollzeitstelle bei Steele Concierge Medical an. Mikhail besteht darauf, dass ich nicht außerhalb des Geländes arbeiten muss und dass er mir ein Gehalt als Bereitschaftsschwester zahlen möchte.

Vor allem, weil ich bei ihm wohne.

Aber ich will nicht noch einmal in die Situation kommen, mit meinem Chef zu schlafen.

Wenn Mikhail mich braucht, um eine Wunde zu versorgen, die sich einer seiner Männer zugezogen hat, bin ich natürlich seine erste Anlaufstelle, vor allem, wenn ich zu Hause bin.

Sogar bei Steele Concierge Medical scheinen sie mich immer auf der Station zu finden und werden dann zu meinen Patienten. Und in den meisten Fällen macht mir das nichts aus. Die Jungs sind zwar grob zu anderen, aber zu mir sind sie nett.

Wahrscheinlich, weil Mikhail sie sonst umbringen würde, wenn sie es nicht wären.

„Wir sollten nach der Arbeit etwas trinken gehen", sagt Hannah. „Ich will unbedingt tanzen gehen und einen freien Abend haben. Mark hat mir einen Mädelsabend erlaubt. Also musst du mitkommen."

Ich habe Hannah noch nicht erzählt, dass ich schwanger bin oder dass ich mit meinem Bratva-Freund zusammenlebe. Bald werde ich es ihr sagen müssen, weil sie es sehen wird. Also, den Teil, in dem ich schwanger bin. Ich habe geschworen, nichts darüber zu sagen, dass Mikhail Teil der Bratva ist.

„Passt er auf das Baby auf?" ‚frage ich.

Ich mag Mark nicht. Ich kann es nicht erklären, aber die beiden sind verlobt und ich will nicht die Freundin sein, die ihr sagt, dass ich den Mann, den sie heiratet, für den falschen halte.

Warum können das nicht ihre Eltern oder ihre Schwester sein? Jemand anderes als ich.

Ich weiß, dass ich eine beschissene Freundin bin.

„Das Baby ist fast drei Jahre alt und hat den Namen, Bay." Hannah kichert. Sie zieht sich ihren Kittel aus, da unsere Schicht vorbei ist, und holt ihr Handy aus dem Spind. „Hast du die Bilder von Bay gesehen? Oh mein Gott, sie wird so groß, du musst sehen, wie sehr sie gewachsen ist, und ja, Mark passt auf das Baby auf."

Ich schlüpfe in meine schwarzen Clogs und sie gibt mir ihr Telefon, das sie entsperrt hat, um ihre Fotos anzusehen. Ich klicke auf ihre Bilderbibliothek und blättere durch alle Fotos, denn sie hat Unmengen davon. Ich scrolle durch die neuesten Fotos und arbeite mich zurück zu den Fotos ihres Neugeborenen.

„Wehe, du hast keine Nacktfotos dabei", sage ich, während ich schnell durch die Fotos auf ihrem Handy scrolle.

„Es ist nichts, was du nicht schon gesehen hast, und nein, Mark ist ein wenig prüde."

„Das ist aber schade." Ich höre auf zu scrollen und lasse ihr Handy fallen.

„Madisyn! Wenn du mein Handy kaputt machst, zahlst du für den Ersatz." Hannah stößt mich am Arm.

Ich bücke mich und hebe ihr Handy auf. Zum Glück ist der Bildschirm nicht zerbrochen und das Smartphone ist noch in einem tadellosem Zustand. „Wer ist dieser Typ?", frage ich und zeige ihr das Selfie, das sie mit Luka gemacht hat. Ich will wissen, woher sie ihn kennt.

„Bays Vater. Mein heißer One-Night-Stand", sagt sie, rollt mit den Augen und reißt mir das Handy aus der Hand. „Ich sollte das Bild löschen, aber ich dachte, dass Bay es vielleicht eines Tages sehen will.

„Und er ist nicht in Bays Leben. Warum?" frage ich erneut.

„Der Arsch hat mir eine falsche Nummer gegeben und arbeitet nicht in der Bar, wie er mir weismachen wollte. Ich weiß ja nicht einmal, ob Luka sein richtiger Name ist. Es ist besser so", sagt sie und ihre Stimme wird leiser, als wolle sie sich selbst davon überzeugen, dass sie glücklicher ist.

Aber ich weiß, dass sie das nicht ist. Sie ist mit einem Mann verlobt, den sie nicht einmal heiraten will. Ich atme scharf aus. Als ihre Freundin bin ich ihr die Wahrheit schuldig. „Ich kenne ihn, Hannah. Er arbeitet mit Mikhail zusammen. Sein Name ist Luka Ivanov."

Die Farbe verschwindet aus ihrem Gesicht.

———

Danke, dass du Brutaler Boss gelesen hast. Ich hoffe, dir hat die Geschichte von Madisyn und Mikhail gefallen! Setze das Abenteuer mit Hannah und Luka in Böser Boss fort.

Eine Dunkelheit umgibt ihn, und ich sollte mich so weit wie möglich von Luka Ivanov fernhalten.

Vor drei Jahren brachte ich nach einer betrunkenen Eskapade mit einem mysteriösen russischen Barkeeper, Luka, ein kleines Mädchen zur Welt.

Zumindest dachte ich, dass er der Barkeeper war.

Als ich zurückkam, um ihm zu sagen, dass ich schwanger bin, wusste niemand, wer er war.

Ich habe weitergemacht... welche andere Wahl hatte ich denn?

Die Hochzeit rückt schnell näher und ich bin mit Mark verlobt, einem Mann, den ich nicht liebe. Versteh mich nicht falsch. Er ist süß und nett, aber ein wenig zu süßlich für meinen Geschmack. Ich mag meine Männer lieber dunkler, hinterhältiger und mit etwas Biss. Mark ist so einfach gestrickt wie nur möglich.

Aber ich habe mich entschieden, weil es das Beste für meine Tochter Bay ist. Sie braucht Stabilität, und ich möchte ihr das beste Leben bieten.

Als meine Arbeitskollegin über ein Foto meines heißen Fehlers stolpert, gesteht Madisyn, dass sie den Russen kennt, der mich geschwängert hat. Ich bitte sie, uns einander vorzustellen, aber sie muss schwören, ihm mein Geheimnis nicht zu verraten, bevor ich das tue.

Böser Boss ist ein eigenständiger Liebesroman mit einem Happy End. Es ist das zweite Buch der Gebrüder Bratva Serie.

WERBEGESCHENKE, KOSTENLOSE BÜCHER UND MEHR GOODIES

Ich hoffe, dass dir Brutaler Boss gefallen hat und du die Geschichte von Mikhail und Madisyn magst.

Melde dich für meinen Willow Fox Newsletter an

Wenn dir Brutaler Boss gefallen hat, nimm dir bitte einen Moment Zeit, um eine Rezension zu hinterlassen. Rezensionen helfen anderen Lesern, meine Bücher zu entdecken.

Du weißt nicht, was du schreiben sollst? Das ist okay. Er muss nicht lang sein. Du kannst erzählen, wie du mein Buch entdeckt hast: War es eine Empfehlung von einem Freund oder einem Buchclub? Lass die Leserinnen und Leser wissen, wer dein

Lieblingscharakter ist oder was du gerne als Nächstes sehen würdest.

Vielen Dank fürs Lesen! Ich hoffe, dass du dich in meine Mailingliste einträgst, damit ich dich über kostenlose Bücher, Werbeaktionen, Werbegeschenke und Neuerscheinungen informieren kann.

ÜBER DIE AUTORIN

Willow Fox liebt das Schreiben seit ihrer Highschoolzeit (vor vielen Jahren). Ihre Kleinstadtromane spiegeln das Leben in einer Kleinstadt im ländlichen Amerika wider.

Egal, ob sie Liebesromane schreibt oder draußen am Lagerfeuer sitzt und ein gutes Buch liest, Willow liebt die Magie des geschriebenen Wortes.

Sie träumt davon, von den Füßen gerissen zu werden und hofft, dass sie das auch bei ihren Lesern erreichen kann!

Besuche ihre Website unter:

https://authorwillowfox.com

AUCH VON WILLOW FOX

Eagle Tactical Serie

Enthüllt: Jaxson

Verheimlicht: Mason

Versteckt: Lincoln

Verborgen: Jayden

Mafia Ehen

Geheimes Gelübde

Gefangenschafts Gelübde

Wildes Gelübde

Widerwilliges Gelübde

Rücksichtsloses Gelübde

Gebrüder Bratva

Brutaler Boss

Böser Boss

Besitzergreifender Boss

Zwanghafter Boss